【茅盾珍档手迹】

日记 1962年

◇茅盾 著

桐乡市档案局(馆) 编

浙江大学出版社
ZHEJIANG UNIVERSITY PRESS

前言

茅盾（一八九六—一九八一），本名沈德鸿，字雁冰，浙江桐乡乌镇人。他是我国二十世纪文学史上的著名小说家、批评家，其创作以史诗性的气魄著称，代表作包括长篇小说《子夜》、短篇小说《林家铺子》等。新中国成立后，他担任中央人民政府文化部长职务，主编《人民文学》杂志，当选为历届全国人民代表大会代表、历届政协全国委员会常务委员和第四、五届全国委员会副主席。在茅盾逝世追悼会上，中共中央的悼词称茅盾『是在国内外享有崇高声望的革命作家、文化活动家和社会活动家。他同鲁迅、郭沫若一起，为我国革命文艺和文化运动奠定了基础』。正由于茅盾具有这样的历史成就和历史地位，有关他的档案资料也就成了我们国家一份极其珍贵的文化遗产。

近年来，我们桐乡市档案局（馆）在征集名人档案的过程中，走访了茅盾之子韦韬先生。韦韬先生认为，把家中尚有的茅盾档案资料全部保存到家乡的档案馆，一是放心，二是可以让更多的人到档案馆进行查阅和利用。因此，在经过全面整理后，他向桐乡市档案馆无偿捐赠了茅盾的档案资料。这些档案资料中，有茅盾小说、诗词、回忆录、文艺评论的创作手稿以及笔记、杂抄、古诗文注释、书信、日记、译稿等原件，还有茅盾的原始讲话录音、照片等。

档案是人类认识世界和改造世界的历史记录。借助档案，人们可以了解过去，把握现在，预见未来。我们认识到，利用好这批珍贵的茅盾档案资料，让它通过各种形式为社会服务，对促进茅盾生平、思想及其作品的研究，促进我国革命文艺和文化运动的研究，对陶冶人们的高尚情操，促进社会主义和谐文化建设，都具有十分重要的意义。同时，茅盾的作品手稿，有钢笔字、毛笔字、铅笔字，字体隽秀、飘逸，笔力苍劲、潇洒，如同一幅幅精美的书法，是不可多得的艺术珍品。为此，我们桐乡市档案局（馆）在征得韦韬先生同意后，决定精心选择部分茅盾档案资料，陆续编辑出版『茅盾珍档手迹』系列丛书。

本册收录了茅盾一九六二年的日记手稿。

编辑出版茅盾的档案资料，是我们桐乡市档案局（馆）开展档案编研工作，利用档案为现实服务的新的尝试。这项工作，得到了韦韬先生、中共桐乡市委、桐乡市人民政府和浙江大学出版社的大力支持，我们在此表示衷心的感谢！

桐乡市档案局（馆）

二〇一一年六月八日

目录

一九六二年一月一日，晴，在廠迴邨。因寒流影響，今日最高溫度為十五、六度，有偏北風，二、三級。

昨入睡後於今晨三時許醒一次，不久又睡，四時許又醒，則有不能再睡之勢，加服同劑一枚，始半小時後入睡，至七時半為止喚醒，邨擾攘也。九時十五分出發訪通什，此為海南黎苗自治州之首府。十一時許到。縣長及縣委書記設午餐款待。下午一時偕訪藤器工場及番茅公社的一個大隊。三時歸，五時到三亞。晚看

電影，九時許服藥二枚，十時許
入睡。
一月二日，晴，陽光輝燦，有
三、四級風，我乍聞已回暖。半中時後
今晨三時、五時各醒一次，又入睡，六
時始醒，即起身。上午仍寫字二幅。
中午小睡一小時，下午收拾行李。晚
與侯、劉、秦若虹、鄭宇芸作方城之
戲，十時始散。即服藥二枚，就寢，不久
入睡。
一月三日至五日，在赴海口途中，
天晴，但各地情況不同，如北部即
甚冷。
六日上午八時住鹿迴頭椰園賓

饭出发，十时许到莺歌海招待所午饭，下午二时参观盐场，三时许驱车赴八所，五时许到达，晚宿八所招待所。是夜寒流正袭八所，风呼啸，甚冷，而招待所（皆是独立的小平房，因其上热下空，故窗户甚多，风从窗进来，势犹咄咄逼人），处一片原野中，（此为新建，小树才及膝），故尤冷。是夜守卫人员露宿终宵，虽有棉大衣，但未必不寒冷也，思之甚为不安。早晨八时离八所，一小时到石碌，参观了海南铁矿公司的采矿场，因该厂正在大检修，故未看车间。十时许离石碌赴那大，土时未到达，下榻县委招待所。李书记殷勤讲解儋县情况，（那大是儋县一个镇，县治在此；据云一九三〇年前那大市街皆为三层洋楼，华侨资本家所建筑，此时日机轰炸，楼被毁殆尽。今市街皆为新建），此地有四十年之老橡树及油棕王。明来参观时皆见之。那大西联招待所房屋建筑设备为招待所之冠，且树木成荫，风景宜人。午饭后小睡一小时。下午三时先参观老橡林及油棕王。油棕高可十丈，遍体龙鳞，凤尾如盖，半度春室不凡。旋又参观华南热带作物学院及研究所。此爲農墾部所屬，四年前，此處尚有爲一片荒地，今則爲華南熱帶作物學院，有學生八百餘人，教育研究與生產實踐相結合，故糧食副食品等皆可自給。附農場，有職工千餘人）。晚宴後，又作方城之戲，於十一時許服藥二枚就寢，不久入睡。院長爲何康。

五日上午九時半自那大出發，十二時到海口。午睡，下午洗澡，整理行李，傍晚，巨覺妻林書記來談，旋即共進晚餐。晚又作方城之戲，十時服藥二枚就寢，不久入睡。

一月六日，晴，自海口飛廣州。

四上午十二时五十五分到达·广州
比海口冷·室内有十七八度（白天）、
但此日阳光甚好、室外反觉暖
些。

今晨二时、六时各醒一次，七时
半起身。十时赴机场，卅分钟到
达。李云部长（已去美）文教部长、陪
同前往榆林者）均到机场送
行。十时卅分起飞，十一时二十分到
湛江，在此午餐，十二时许起飞，
一时五十五分到广州，萧殷去机
场迎接，旋即同往宾馆。下午
整理什物，晚赴人民大戏院看
粤剧，有马师曾、红线女之卓
杰演出。前者演《苦凤莺怜》之

应邀一场，（此为马师曾去世三十年前自编之大型戏，应邀为其中一场），以若主演表因对枪。（罗品超合演）。去剧场遇见侯局长，休息时曾到后台。十时返宾馆，十时半服药二枚，就寝，旋即入睡。

一月七日，晴，二十二度，十三度。今晨四时许醒一次，小便后又睡，七时许又醒，七时半起身。上午补写前数日之日记，为萧殷写字两幅。今日为星期。上午十时许，广局长和马师曾、红线女来谈。十一时许辞去。中午小睡一小时。下午整理什物。晚七时许王阑西来谈事少时。七时半赴宾馆小礼堂看電影英雄山路。九时返，九时半服药二枚，看羊城晚报至十一时半始入睡。

一月八日，晴，昨。

今晨二时醒一次，五时又醒，约十来分钟又入睡，七时许又醒，即起身。盖今日拟赴佛山参观也。九时许，萧启来，旋即同往佛山。十时到达，先到接待所，市委李书记为介述佛山发展的情况。旋即参观祖庙，此祀北帝，起於明代，此明代风格之建筑，清代重建者。庙内有之砖雕、木雕、石雕陶瓷(丁)等均甚精美。午餐后休息至二时半，赴石湾陶瓷厂参观，又至民间艺术研究所，剪纸及秋色、灯色均甚精采。在此遇见郭老及当地书法家梅君选之。林善以鹤颖作书，当场写一幅送给郭老。五时许驱车返广州，六时许到。王匡来谈，七时辞去。九时服药二枚即倒，华嘉为市统战部副部长，来坐片刻。十时许入睡。

一月九日，晴，十六、七度，室内为十六七度。今日无风。昨有偏北风三级，故夜间温度较低。

今晨四时许醒一次，又睡，七时许又醒，七时半起身，八时许侯局长来，同中午在其国家吃饭。中午小睡。下午整理行装。三时许羊城晚报编辑部同志及欧阳山等来谈。晚七时许，省市长、市统战部罗培元、华嘉、杜埃、侯由华来谈，王匡旋亦来到。九时许辞去。九时半服药三枚，十时许入睡。

一月十日，晴，由广州赴北京途中。

今晨三时许醒一次，五时又醒，即起身。六时在旅馆出发，侯局长来，同赴机场。欧阳山、陈残云、杜埃、华嘉、罗培元、王阑西、均送机

場送行，作協廣州分會之容希英四
押行李過磅等，甚為殷勤。（如佛
山時即他陪往）不勝感謝。七時起
飛，到長沙時，暫停半小時，長沙為
三度，然不甚寒，但此為機上服務員
所告，也許漢口十五度為三度也）。十
一時到武漢（五度），用午膳後即起
飛，二時許到鄭州，停半小時，四時
三十分到北京，五時半到家。當晚整
理物件，泛覽文匯參資，至一時半始就
寢，服藥二枚如例。

一月十二日，晴，三度，〇下十二度。
今晨五時醒來，因又膀胱而起
起身，八時赴北京醫院，注射雁

續前此之（未定稿），改稿。閱報，參資。中午小睡一小時。下午结算與行用费，计來往路费（為我自己負担）、飯费、其他雜支共一千二百餘元，其中飛机票為七百五十元左右。晚閱電視已九時，又閱參資至十時，服藥二枚，於十一時半入睡。

7月十二日，晴，如昨。

今晨四時醒一次，六時又醒，即未再睡，六時半起身，做清潔工作，半小時，蓋家中仍无女傭也。九時赴市檢疫所注射預防黄热病之針藥。十時返家，閱報，參資。中午小睡。下午处理来往信十多件。

昨阅电视又阅参资，至十时服药二枚，十时许入睡。

一月十三日，晴，如昨。

今晨四时醒一次，六时又醒，未起再睡，八时半起身。上午八时到北京医院注射，（每月注射预防肝炎疫）。上午阅报，参资，复信三封，中午小睡十来分钟，下午阅旧报，晚阅电视至九时，十时服药二枚，十一时入睡。

一月十四日，晴，二度，〇下五度。报道夜间有小雪，绍兴城内至未见有雪的踪迹。

今晨二时醒一次，五时又醒，六时起身，先到厨房为蜂窝煤炉加一个

新煤球，蓋恐又像前天那樣熄
滅也。因昨夜他老是咳嗽，今晨
四時未醒，大概要到五六才醒也
起後我傍枕看文件（有關即將召
開的第二次亞洲作家會議的）。七
時，做清潔工作。十時，上午閱
報（一部分舊報）、參資。中午小
睡一小時許。下午閱舊報（十二月十
四日至廿九日的）完。晚閱電視
至九時，服藥二枚，於十時許入
睡。今日為星期。

一月十五日，晴，二度、〇下五度。
今晨二時、四時、五時半各醒次，
七時起身。做清潔工作。十時，上

午八时半到北京医院注射並至外科治右脚之鸡眼。十时始返，阅報、参资，中午小睡一小时许。下午阅舊参资。晚阅书至十一时，服药三枚，十二时半入睡。

一月十六日，晴，冷，昨凌晨三时许醒一次，又睡，五时许又醒，即起身，因昨夜封炉（蜂窝煤球炉）不善，致熄滅，不得（改）进行抢救工作。烟皆上升，二楼烟雾迷漫，人不能忍，於是開窗、開門，到七时方才炉旺烟散。上午阅報、参资，中午小睡。下午三时，夏衍、[illegible]来谈画册作家合议事。

今天阅上月廿六日上午报参考资料有这样一条：「真理报」今年「一月廿日」载赫鲁晓夫对乌克兰农业会议的人员说：「我们在建设共产主义，但是，我们仍也有窃贼、骗子手、欺骗者，我们甚至有谋杀犯。」此语真妙。应补充曰：「我们还有很大的窃贼、骗子手、欺骗者、谋杀犯、窃踞高位，自吹自擂，对敌人献媚，对朋友敲诈，恬不知耻，厚颜无耻！」

上月卅日，曾作一诗骂给一友，兹记之下：「欧尾西郎越临波，人民有眼判功过。倒行逆施讵能久，终见东风奏凯歌！」

晚阅电视至九时半，服药，眠。

於十二时半入睡。

一月十七日，晴，微北风，二度、〇下八度。

今晨三时醒一次，五时又醒，六时半起身。做清洁工作半小时。八时半赴北京医院注射，十时赴外办开会，十二时返家。中午小睡一小时。下午阅文件，处理杂事，覆信四封。晚阅电视至九时，服药二枚，又阅书至十二时入睡。

一月十八日，晴，如昨。

今晨三时醒一次，六时又醒，六时半起身。上午九时赴北京饭店理发。阅报、参资等。中午中小睡。

下午三时主持文联举行的谴责美政府迫害美共的座谈會。晚閱電视至九时，服藥二枚，又阅文件至十一时半入睡。

一月十九日，晴，少阴，有风。

今晨三、四时曾醒一次，旋即又睡，五时许又醒，此后未再酣睡，朦胧至七时起身，做清洁工作半小时。八时半赴北京医院注射，十时赴作协，出席代表团全体人员开了个會，对第一议程的发言稿草案进行了讨论。中午小睡半小时。下午閱報、参資。处理杂事。晚閱電视至九时，服藥二枚，又阅书至十二时许入睡。

一月二十日，晴，二度，〇下八度。

今晨五时许醒，以又腰胯至六时半又醒，七时起身。做诗工作，未九时。九时，部长们汇报。十二时完。中午未能入睡。下午阅报、参资，处理杂事。晚阅电视至九时，又阅书至十一时服药二枚，于十二时许入睡。

一月廿一日，晴，如昨。

今晨三时醒一次，六时又醒，以腰胯至七时许起身，做诗词工作至六时。上午修改西川作家会议发言稿。阅报。中午未能入睡，心匿卧休息，阅参资。续修改黄言稿毕。晚阅电视，又阅书至十时许服药二枚，十一时许入睡。

一月廿二日，晴，如昨。二度、零下七度，无风，多云。

今晨四时醒一次，五时又醒，此后未能酣睡，然而甚倦。七时起身，做清洁工作半小时。八时半赴北京医院注射，九时半返家。上午阅报、参资、西霞信四封。晚阅书至十时服药二枚，十一时许入睡。

一月廿三日，晴，无风，如昨。

今晨三时许醒一次，六时半又醒，即起身。做清洁工作半小时。上午阅报、西霞信四封，

中午少睡。下午閲参資。覆詢
问華君菁菁長信（问題一堆）一
件。歐刷報記者来访，未多时
即去。五时半赴四川飯店欢宴
越南出席開罗會議的代表團
（共二人），鄧泰梅及瞿輝瑾，前者
為越南文聯主席，后者為越文化部
副部長）。九时許返家，閲书至十时，
服藥二枚，又閲书至十二时許入睡。
一月廿四日，晴，有风，冬昕。
今晨四时，五时多醒一次，后又朦
朧至七时起身，做老人体操小
时。八时赴北京医院治脚，十时返家，上
午閲報，再修改開罗会议上发言

之稿。中午小睡一小时。下午覆魏治
昌所提問題四十多条，寫於章后、活
動等等）。晚至部内放映室看日本
片《吾母》完。九时返家，閱书到十
时服藥二枚，又閱书到十一时入睡。
一月廿日，晴，大風，小雨。
凌晨六时醒来，又朦朧至七时
起身，做清潔工作半小时，九时
半赴外办，陪德对代表團講話。
十一时返家。午飯後小睡一小时。下午
閱報、參資。晚閱书到九时服藥
二枚，又閱书到十一时入睡。
一月廿六日，大風，晴，二度，
○下九度，

今晨五时醒来，以后又朦胧睡至七时，起身。做清洁工作。八时半赴北京医院注射及透视等。十时半返家。上午阅报、参考。中午小睡十五分钟。下午三时赴作协开会，五时回家。晚阅电视至九时，又阅书至十时，服药二枚，於十一时许入睡。

一月廿日，晴，有风，二度、〇下九度。

今晨三时一醒后，五时又醒，以后即未再睡好，七时许起身，做清洁工作半小时。上午四时部务会议，十时半完。中午小睡一小时。下午阅报、参资、覆信四封。晚阅电视至九时，十时阅书至服药二枚，十一时许入睡。

一月廿八日，晴，大风，冷昨。

今晨三时醒一次，五时许又醒，七时又醒，即起身，做清洁，工作半小时。上午阅报、参资。中午小睡。下午初次整理出国衣物。晚阅书至十时服药两枚，十一时许入睡。

一月廿九日，晴，大风，冷昨。

今晨四时醒一次，七时又醒，即

起身。做清洁工作半小时。上午八时半赴北京医院，九时半返。阅报、参资。中午十二时睡十五分钟。下午阅信两封。晚阅书到十时服药二板，收报纸一张，半时许入睡。

一月廿日，晴，有风，如昨。

今晨六时许醒来，到厕，然而不能再睡。偃卧到七时起身，做清洁工作半小时。上午阅报，整理出国衣物。中午十二时睡。下午阅参资、书刊。晚阅书到九时，服药二板，十一时许入睡。（昨服安眠药倍量，虽已睡了六小时，然而終日頭暈，惟不妨礙作事耳。）
一月卅一日，晴，且昨，風稍小。
侵晨四時許醒一次，七時又醒，
即起身，做清潔工作事小時。八
時半赴北京醫院注射，九時許
返家，上午處理雜事，閱報，參
資。中午小睡約一小時。下午處理雜
事，晚閱電視至九時，又閱書至
十時，服藥二枚，於十一時許入睡。

一九六二年二月一日，阴，昨晚入睡后于今晨三时许醒来，久久不再入睡，四时许加服M剂一枚，又半小时后，始又入睡，但六时又醒，非常背疼腰酸，可是不想再睡了。偃卧至七时起身，做清洁工作半小时。上午阅报，参考，写信两封，一给性沅，一给周信芳）。晚六时赴作协之春节晚会，九时返家，十时服药二枚，阅书至十一时许入睡。

二月二日，晴，无眠。

约晨四时许曾醒一次，后又睡，五时又醒，七时起身。做清洁工作半小时。上午阅报，最后处理出门衣物，阅参考资料。中午小睡，下午理发，处理杂事。又到北京医院治牙，因午后突然左颊上牙龈疼，牙床痛，有血。晚阅电视到九时，又阅书到十时，服药二枚，十二时许入睡。

二月三日，晴，赴广州途中。

约晨〇时醒一次，服含霉素二枚，二时又醒，加服川剂一枚。

日半小时入睡，四时又醒，则不能且不敢再睡矣。又服合霉素二粒。自昨日下午三、四时，已按四小时一次之规定，服合霉素四次，牙床肿胀渐消，牙已不痛。五时起身，五时半早餐，六时十分赴飞机场，由北送往。在机场餐室会见的联大使及各代表团员等三人，并来送行也。大使表示，因时间匆卒，未及设宴送行，拟回来时补请云云。飞机迟来半小时始起飞，九时半到郑州，十一时许到汉口，由机场往饭店午膳，一时半到长沙，四时许到廣州，出机場欢迎者有廣州作協、市文化局代表等十餘人。旋赴迎賓館，住二号楼。我所住者三套间，較上次所住四号楼者設備較完善且精緻。六时許晚飧，八时看電影（香港鳳凰出品）。十时返房间，服藥二枚，又看唐人離亂秋声譜至终，城歇无双艷福之第二出，乃就睡去，醒來則為翌晨二时許，於是脫衣再睡，五时又醒，有頃再睡不熟，乃再服川劑一枚，仍閱无双艷福，四时許又入睡，七时半又醒，即起身。（胡愈之夫归今晚来谈事（十时）。
二月。晴、有太阳、二十度、
十度。
八时半早餐后九时开代表团
全体会议、十二时完。十二时半午
餐、午后小睡约一小时。三时半许、
由华嘉陪游花市、后又赴文
化公园。此时已极疲劳。五时归
宾馆、六时、省委及人委设宴招
待在穗（北京来的部长十余人）客人、因明日为春节也。六
时宴毕、和王匡谈了些时、后又看
电影（三打白骨精）、十时返房、
王園西、特伟先来、巴金夫妇及
方令孺也到。十一时辞去。服药

三夜，阅清人杂剧一册完，时已〇时卅分，旋即入睡。

六月五日，晴，如昨。

今晨三时醒一次，加服M剂一枚，六时半又醒，即起身。腹泻一次，即服绵霉素。八时半早餐。九时开会（代表团全体会议），十一时完。时宴君来谈，十二时去。午餐后小睡一小时。三时，周扬夫妇来，一小时后去。整理衣物，至五时，告段完毕。補写三日来之日记。六时，作协广东分会设宴招待代表团及在穗其他作家。八时半在宾馆礼堂看上海青年京剧团

演白水灘等戲。十時進房服藥
二枚，十一時半入睡。

二月二日，晴，赴香港途中。

今晨四時許醒來，不能再睡，亦
不敢再睡，閱書至五時許起身。
六時早餐，七時十分出發赴車站，
七時四十分開車，此為頭等，極舒
適。十一時許抵深圳，飯後過界，但
因香港火車誤點，直至一時四十
分（原定一時〇五分）開車，車廂為頭
等，地方極擠。沿途每站都停，又常
要等候來車，直至午後三時方到
尖沙咀站，乘汽車渡海，又等候
了一个半小時，到山頂招待所（尹

華社招待所）已四時半矣。五時，夏、嚴二人彙報形勢，在穗時同北京長途電話內容。六時許，港文匯、大公、新晚報等負責人來。七時半晚餐。九時休息，整理衣物，十一時半服藥二枚，閱書至十二時半入睡。

六月七日，星期日，晴，赴開羅途中。

今晨三時、五時各醒一次，六時半起身，洗漱，七時早餐，上午書寫、閱報，十二時午餐，餐後過海至九龍新華社招待所。二時赴機場，三時十五分起飛。此為BOAC班機，是四單式飛機。機中設備完善，招待用到。三時許到仰光，停一小時，姚大使及丁西林等到站晤談，緬方作協到吳登佩敏及吳瓦招待。緬方代表第一批（女二人）將於明日飛開羅，第二批則將稍遲，大約十一日可到開羅。九時抵德里，我駐印使館代辦及參贊等多人到機場招待。十一時起飛，夜間又在科威特停一小時，於六日晨四時（當地時間），北京時間則為十一時許）到開羅，到機場歡迎者，除大使、陳夫人、使館其他人員，楊朔、韓北屏，及先已在開羅之印尼、日本代表。阿聯作協十餘人亦來歡迎。

旋赴牧手人旅館，五時即就寢，
服藥二枚，我雖睡不安枕，兩時
醒，十二時起身。（明夜在飛機上要
不易睡，停在巴里、科威特途中
小睡二小時，我帶有服藥的法寶）。
用午飯後，三時許赴大使館，七時
赴使館便餐。十時返旅館，十一時
服藥二枚就寢，本十二時後入睡。
使館派有柳臣來爲我房間的
外間與料一切，我的[注]套房，共上下
三間，外加衛生間，建築式樣新
穎，設備齊全。開羅此番陡冷
些，據云日來爲冬季最冷之時，我

的房间有暖气设备，故不觉冷。

夜饮则甚冷。

二月九日，晴，室外十七度、室内二十二、三度。

今晨二、四、五时各醒一次，六时再醒，即起身。九时半，出席凡会代表团开一个大会。十一时完。我们房间阳台上俯瞰尼罗河，遥望金字塔，风景十分美丽。下午修改发言稿。晚饭后再改。十一时完毕，即服药二枚，於十二时许入睡。

二月十日，晴，如昨，较暖。

今晨八时许起身。此前醒过三次，每次相距二小时。洗漱。十时半，

摩西（阿联）来，陪同翔与夏衍，使
馆文化处陈林同志去陪住，拜会
阿联文化部长奥卡沙；此为昨日约
定者。一时返寓。下午一时，共和
国报记者访问，提了若干问题，（我们
我们各种文学的情况），二时去。午飡後
小睡。四时，陈林陪同我们三人参
观金字塔。五时许返寓。六时来，黑
白夫妇及其兄（黑白为阿联人，留学
我国学画五年，新近归国，但仍说
汉语；其兄为共和国报编辑部之
工作人员）访问，也提了许多文学上的
问题。八时，邀他们同往晚飡。十时，
阿联代表团团长哈提特及副团

長二人來訪，請至十二时辞去。我即
服安眠药二枚，仍於十二时后入睡。
二月十七日，晴，如昨。
今晨二时醒后旋又入睡，七时又
醒，到再睡，但此时起身，却又太
早，乃阅书至九时起身，洗浴。十时
早餐。十二时，樽氏哥代表团团长本
田卡由佳子吉居同来访，十二时辞
去。旋村翔陪同哈李隆代表团团
长阿芳克及稻末堤来访，一时许
辞去。二时午餐，餐后小睡一小时。四时
许，日本代表团团长来下寄来访。
七时，出席团长会议，九时归寓，
十时晚餐，十二时前服药二枚，十二

时许入睡。

六月十二日，晴，如昨。

今晨一时醒一次，七时又醒，不久再睡，八时起身。九时进早餐。知昨夜常设局开会，苏代表又说某已通过，三常设局款告提出修改意见，并说前此派在常设局之苏方代表（按即罗备委员会苏方代表某某二人）滥施不明故有失措，今苏代表团已来，研究了报告草案，特再提意见。此次为苏方团长土安松、查康亲自出席草提从怀中出一字条，内容大意为：由于社会主义⊗阵营力量的强大，抓住了帝国主义的手，使不能打击殖民地人民的解放运动，以致殖民地人民的解放运动得以开展云云。此所谓「社会主义阵营」力量，实际指苏联的武力。亚非作家常设局之代表都不赞成将苏方所提上述字句加入报告。苏方又认为报告全文政治太多，文学太少，提出了不少字句修正。（这些字句修正，主要是减轻了对美帝国主义的谴责和对殖民地人民解放斗争的支持）。常设局大多数代表接受了可以接受的字句修改，而不赞同减轻对美帝的谴责，对殖民地人民解放斗争的支持。争论

至午夜十二时后，每方不同不撤回要
修正案，但他们声明保留在大会上
提出这个问题的权利。
十时，出席大会闭幕式。十二时休
会，与各国代表参观附设在大会会场
的古猎展览会。接着又赴现代艺术馆
参观阿联造型艺术展览。阿联文
化部长行揭幕式后，代表们就近
古展览，阿联方面陪同参观者除
文化部长，还有西巴伊及艺术馆之
长。文化部的艺术处长，专门陪
同我参观并作说明。参观后，我和
阿联文化部长、西巴伊及青年雕刻家
安性（亚世居）、画家寺一贝摄影。

三时返旅馆午饭。出去转展览处、曾有埃及晚报一个女记者AL之之要求接访、曾以四时来旅馆、不料四时未来。曾在代表团本二等人来访、后与韩寿萱又来谈。五时五十分同赴某寺、观赏作为气街饭之一）、出席间斋冷馆、此为陪各代部长招待（大会）全体代表。[redacted]七时赴（座谈）大会、主席（阿联）通知：请各国代表团提供各国诗人、作家支援埃及于一九五六年反抗英法侵略之诗文、漫画等等，明晚将详订成一专册。旋即偕各国代表团长往大会发言，并宣布发言人次序（按国名字母首字排列）。五时半，发言者共七人，中国亦在内。我在发言后即回旅馆休息。十一时服药二枚，阅书至十二时入睡。

二月十三日，晴，多云，好晴。

今晨二时、五时各醒一次，六时又醒，即起身。洗浴。十时出席大会，下午一时休会。午后四时四十分赴大使馆，应大使招待亚洲各国家会议全部代表及非洲国家、亚洲拉美国家驻开罗使节之冷餐会，至於五时半举

行也。七时大会继续发言。（苏代
表团各长於十一时许发言〻甚长，苏
方三人与我方三人（夏、严、宋）到牧平人旅馆商
谈彼此意见分歧如何取得协议，此
为苏方大使向我陈大使在两会上
所提出修正案参加两会之两方代表团
人员所接受者也。双方各谈至翌
晨二时始取得协议——即对和平条
款问题双方遵照莫斯科宣言和
唐那之精神和文字。）我於十二时回
旅馆，於翌晨二时入睡。服摩安例。

二月十四日，晴，如昨。

今晨四时、五时各醒一次，四时半
始又入睡，六时又醒，倦甚，然已不

纔再睡，旋即起身，洗浴後仍甚倦，所單，上午在旅館休息。今日為各組委員會分組開會，我團已派定安人參加各組，所以我可以偷懶。同時夏衍、王汲石、田間都病了。田間為老病（其實是神經稍稍失常），他覺得到處都有人對他進行謀害或監視。（日前曾謠傳有四千特務佈置在會場和旅館，代表團曾通知各團員提高惕警），此項所謂特務，說是美國特派出的，但也有其它方面派出的）。他不敢喝旅館內的水，（恐有人放毒），甚至不敢服自己帶來的藥（安眠藥之類），說此藥曾放在他所住的房间，难保他离开房间时有人进去掉了包，变为毒药。因此，不得不将他从旅馆迁出，移住大使馆。二时午餐后午睡四时半。四时到会场，由严文井到第一小组看看。该组此时辩论正剧。非洲代表数人轮流发言反对土耳其代表（希克梅特）之建议。（以大会名义支持将在今年七月在莫斯科召开之世界裁军会议。除希代表外，无人支持希之建议，苏联代表摇摆不定，但未肯无条件支持希之建议。我方参加此小组者为朱子奇，他当可表示赞同非洲代表们意见，反对该建议，即了事，而且他直批到一个月前斯德哥尔摩世界和平理事会开会时代表（希克梅特）曾反对以世和名义支持殖民地革命运动之结果，并认为今日他以一贯支持殖民地革命运动的姿态出现，应自脸红云云。于是惹起了希的反驳，说朱德行人身攻击，并自吹为了革命，他曾坐牢多次，此时，朱尚是小孩子。当朱发言后，大会主席（阿尔及利亚代表，青年，极为精干）即宣告在此问题上费时已多，尚有许多事要办，停止讨论，将付表决；但希克梅特坚持要对朱之人身攻击言反驳，而当主席不得不让希

谎言时，其他国家代表因都不是参
加斯德哥尔摩会议者，不明当时
真相，故对于希ゝ歪曲事实，为自
己捧于ゝ谎言，都无反应，会场上
顿时形成朱彼孤立，我是「看ゝ」来
的，不能代表敢辩，只好用纸条告朱ゝ
不宜多和希纠缠，只要说，希ゝ谎
言，不合事实，但因离题已远，而
且违讨论ゝ事），又时间不够，故如人
不多言，只郑重指出，他的谎言，不合
事实，参加斯德哥尔摩会议者，
阅罗尚有多人，即出此大会（如女
但）中，尚有多人，希如愿意，
可在会外请这些人来掷ゝ事

实。此时其实代表都纷纷表示结束题外之争，言归正传，于是苏代表某某希某某言之后，立即起立发言为希帮腔，苏代表某某言后，朱即发表赘之声明，写明合他的希案的内容，但加为「主」，苏代表的话，不合事实。朱发言后，当值主席即宣布讨论终结，希之换笔将付表决，希见形势不利，赶快撤回，盖将以此讨好其它国家之代表也。予时以搬返旅馆，陆大使要旅馆（夏浙房内），已知朱之失言，亦语予朱本拟做到「有节」，脱大时，朱要来旅馆，陆大使向来表歉，大

彼问朱自~~觉~~估和希之斗争如何，朱
尚未恳识贯彻「有节」，於是陈
去彼反覆说明，必须「有节」，今日之
事，因为无节，以来处於被动。朱以
来勉强肯首。十一时，服药二枚，
直至翌晨一时以始入睡。

二月十五日，晴，风，昨。
昨入睡以醒了两次，今晨九时
许起身。计共睡七小时，但划为
三截，每段之间不寐时间少者才
十分，多者一小时。十一时赴会场，则
第一小组尚未完毕其讨论，原
因在於从法议之内容及文字。

主持此盛之際，主席亦為阿尔及
利亞之小佑子，及越南的瞿輝瑾，
兩人均從法語，都精悍有經驗。
無已連續開會二十餘小時，兩人
們挂●我拼撤，至下午一時許，終
於將此盛任务順利完成。並此
时内（上午十时—下午一时）埃晚報
基要記者佳俊請我同答數個
關於我口文氣的问题。六时，
大会通过各項決議，宣布闭幕。
三时同旅館午飧，休息至七时與
全團同志共赴會場，又等候若
干时始由一埃及人導往前王

宫门口代表陆续到齐，纳赛尔出场与代表们一一握手。印度之安纳法鱼纽士前，自称为代表全体代表向纳赛尔致词。其次，纳用阿剌伯语发表讲话，（译为英文）。次由十来了讲，即邀代表们至另一室进冷餐。邀我进冷餐时，雷询问时回国，并往当再邀谈云云。

在冷餐室外走廊中，我和苏联代表苏蒂罗诺夫、柯热夫及斯基谈了十来分钟。我问彼等对柯切托夫之一册书之意见如何，二人皆避不表示态度。十时未进晚饭，畏进安眠於十二时服药二枚，翌晨一四时未入睡。

二月十六日，晴，如昨。

昨入睡而醒三次，共睡六小时许，每次醒后须半小时方始再睡。写毕了笔，舌苔。大会车遣主叙请全体代表参观塞佳庵，我国三老一辈严未去。三老者，夏、谢、我，皆已年过七十也。上午十时，又接见了坐及晚报的记者，谈一小时，五册，内容为中国之民族文化工作，普及工作。午饭后小睡一小时，三时赴阿中友协理事会基邀进，共进晚餐，盛于家中，大

使及大使夫人也及使館参赞、秘书等
也参加。同时许告辞。大使贝函使
館，村、朱彙欽今日常設宴会
议时情况。拙云：会上，曾提到
下届大会应多请知名之作家，
（写过两本书以上的作家），而社会
活动家、新闻记者不得算作
家，换言之，作家应以文学作家
为主，此则限制了许多国代表
之参加，多数人反对。其二，提到
设立翻译中心，不设于科伦布，
此点为多数所反对。晚十时往
观埃及民间歌舞，一些为肚
皮舞的基础上而加以现代题

材之外形美也。十二时，第二次休息，我们返旅馆，十二时半服药二枚，约一时后入睡。

二月十七日，晴，如昨。

昨入睡后也是醒了两次，早晨九时许起身。整理行李，十时半迁往大使馆。午后由陆大使陪同参观开罗博物馆，（仅能参观其一部分），由我国在开罗留学，专攻考古学之学生某任翻译。时许，乃赴纳赛尔宫。三时在其私宅接见我和夏，于是即返大使馆。六时卅分出发，因市区车辆拥挤、时时受阻，到纳私宅时已过预定时间三分钟。会谈四十余分钟，友好而轻松。告辞时纳台室外侍候之摄影者摄影并拍电影。返大使馆后，即尾代表团之长来访。五时四十分，陪大使陪同赴中阿友协秘书长之冷餐，七时许赴越南驻开罗商务处举行的电影招待会，又赴古巴大使馆招待会，遇见吉达。查理，他们请我们和他们代表团谈谈文学。因明日须参观亚历山大港，订于后日（十九）上午九时赴苏丹代表团之阿特拉司旅馆共进早餐。十时許往古巴使館回大使館，服藥三枚，於十二时許入睡。

二月十一日，晴。在亚麻山大港。

昨入睡后醒了两次，今晨六时起身，早餐后即赴車站乘火車赴亚麻山大港，陈大使、参化処陈冰贝[illegible]陪同。火車坐椅為飛机式，能旋轉，俯仰臥，頗覺舒服。在車中為杜波依斯杜之子所編之黑人刊物写了数百字的祝辞。代表团中数人員另乘小汽車三辆，早一小时去港，十一时許火車抵亚港时，則彼等与我駐亚港商務処人員已到車站迎候矣。到高务处吃了早点、茶、十时许参观法鲁克王之夏宫、中央化之亞厤山大酋長飯故址、三时半到阿剌伯飯店進午餐、（有名之民族菜燒鴿等等）、晚又到纳尔逊要塞拿破侖艦隊之故壘。十餘步外河礫中尚卧有百年前英國造之大砲三、四尊。離岸二里許有小島、當时、英國艦隊（纳尔逊指揮）即此島附近殲滅了法國艦隊、此小島遂因名為纳尔逊島。五时乘回高务處休息、七时乘大車返開羅。十

时许到达。晚饭后闲谈至十时,服
药二枚,于十一时许入睡。
一月十九日,阴,午后大雨、飞
香港途中。(至二十日)
晚入睡后仍然醒了两次,今
晨六时起身,收拾行李,旋即赴大
力士旅馆与各代表团告别早餐。
某方谓古今文学味太少,我方驳之。某方又谓所
我方同行者有夏、严、安波等十
卅代表,多人数不是作家,应以已出书二本者为合
二时午食。日本代表事先饯送行。
于,我方要驳之,谓出书二本者要即作家,因有些
二时许赴机场,原定三时起飞,后临
即可自命为作家也。
时推迟一小时。陈大使夫妇、陈冰
月、杨兰代表团团长、印尼代表
团团长等均来送行。时细雨濛
濛,气温如常。四时许上机,此时大

雨亦佳，飛机為子爵式，屬黎巴嫩民航公司，每机往返只一次，仍於五时半到贝鲁特，此时雨甫止，我駐大馬士革使館派趙秘书及其夫人到机場照料。據云，黎巴嫩周圍山上大雪封路，他們今日未时[redacted]汽车走了半天多，我等本订BOAC班机，到贝鲁特後換机，（彗星四号）BOAC班机，但據公司說，因氣候關係，飛机不能準到，七时四十五分（原定时间）不能起飛，又須推遲一小时。於是夏衍、葉君健、田间、王汉石等，由赵秘书陪同，乘赵的汽车到城内看看。赵夫人留在机场陪我们。不料他们去后不久，机场忽通告，BOAC彗星机已到，赵当旅客请即准备，将照原定时间起飞。这下把我们吓了一跳。于是由黄金棋与机场BOAC办事处交涉，告以我们有几个人到城内去了，来不及时赶回，请多待。办事处也答应相机办理。可是一波未平，一波又起。和我们同机来的两个外宾（三），一为锡兰人，餘二為民日利亞人，皆出席開羅會议之代表，应我和大級邀請訪華)，其中一人（民日利亞的）先要口簽证，BOAC办事处認為到香港後可請英生麻煩，要求他或則担负负持辅办签证，搭下一班飛机走，或者購買回程票，以（度）便万一到香港不能入境时把他送回開罗。我们估量，到香港後事如有太大困难，因为我们可以把他立刻送往廣州，但问題时是BOAC办事处堅持要買回程票，我们乎既先此現款，因此时已为下午二时半，館行下班，趙秘书要凭件提取现款。结果，只有把这个外宾留在贝鲁特，補办签证，由趙秘书照料。此时趙主任已回，他和那个外宾说好，我使館可以照料一切，代负担旅館費用等々。另一尼日利加人（他有签证）不願丢下他的朋友，我们也同意。他们同向BOAC办事处交涉，取下行李。为取行李，飞机们就误点。六时许起飞。此时大雨南来也。此后一路平安，三小时后到科威特，停四十五分鐘，又三小时到卡拉奇，丁大使在机場相接，在贵宾室喝茶。又三小时至加尔各答，我駐加总領事在机場迎候。停四十五分鐘，又三小时至香港，当地时间为二十日下午四时卅分。陽光明媚，不太热。路經理等均在机場迎候照料。当即渡海上山頂招待所。

此行，僅在科威特到卡拉奇一段睡了两小时，此后如睡非睡，朦朧片刻即醒。在机中吃得多，大便两次。二十日晚餐後洗浴，於十时許服藥二枚，但直至十二時後方入睡。

二月二十二日，晴，二十度左右。

今晨七時許起身，把要買的股（片等請人代買，並開單指明的新邊片請人）

（來沖洗，叔大師……。）

[redacted]

上午在寓休息。費彝民來訪。下午寫字六幅，此蓋完宿願也。晚到南方影業公司之小放映室看電影。南方影業公司為我在港之機構，辦公室在中國銀行大廈六樓。十時許服藥二枚，十一時許入睡。

招待所房子甚好，我所居之室尤佳，但被子厚了些，故睡不夠酣。

二月二十二日，晴，二十度左右。
昨夜仍醒两次，晨起洗浴，八时，罗镇理事陪同全团人员到浅水湾等处游览，至丽都饮茶。十二时到湾仔水上饭店，大公、文汇、新晚报等三单位联合在此设宴。三时回返招待所，整理行装好前买了物。晚饭后回阅读，十时服药二枚，一小时后入睡。

二月二十三日，晴，如昨。
昨仍醒两次，早晨七时起身，作字两幅。午后回理发。

六時全團人員下山至南方影業公司看電影，一為美國片，一為日本片。七時四十分全体赴麗宮，盖僑賢於此設宴招待也。酒席甚為豐盛。麗宮為僑在港企業之一。十二時返山上招待所服藥二枚，於一時許入睡。

三月二十四日，晴，由港赴廣州途中。

昨夜仍醒兩次，今晨七時起身，七時半早餐，八時過海，八時半登車，僑鄉民等均來相送。十時半到深圳，午餐後

登車，下午四時許到廣州。王
匡、王闌西、侯雨、歐陽山等均
來迎迓。旋即至賓館第四號
樓下榻，此即余去年前曾住
此所居之室。晚飯後看電影，
十時服藥二枚，因被子太厚，直
至十二時始入睡。
廖承志、安穗、廣州賓
館，因找他請問會議情
況及余去列服赴維也納出席
和平主席團會議之故。
六月十五日，雨，十七八度。
昨夜大雨，早晨有雷，雨猶
未止。據云此雨甚好。

昨入睡后，醒两次，今晨六时起身，共睡七、八小时，然而中间醒两次时曾有二小时许未能入睡。气温无降，予穿毛衣，上午全团开会总结。午后小睡一小时，午后三时往续开会。五时止。七时赴津滨、广州作协设宴招待（今年团员）访华之三个日本作家。（六时）我与夏衍等三、四人作陪。十时返旅馆，服药二枚，十二时许入睡。

今日下午曹禺来访，因我们正在开会，未见。

三月二十六日，雨，较昨为冷，十五、六度室温，最低九度，招待所为我室生电炉。

昨入睡后仍醒两次，今晨四时许起身。上午阅萧文开罗会议之国代表发言油印稿，为写报告作准备也。中午，粤省委宣传部王匡在北园酒家请全团晚点心，名为点心，实即便宴也。甚有点心不道，炒菜不道。二时席散，返寓少睡一小时许，四时至五时仍阅大会代表之发言。晚阅报，十时服药二枚，十一时許入睡。

今日來訪者有耘江等三、四人。陶鑄同志於晚間來談。

八月廿七日，陰，㊅十五、六度，九度。仍用電爐取暖。

昨入睡後仍醒兩次，其中一次有一小時始再成眠。今晨八時許起身。上午，齊燕銘、徐平羽、陽翰笙來談一小時，齊等皆為戲劇創作會議而來，昨晚剛到也。續閱大會發言選稿。晚閱報，十時服藥二枚，十一時許入睡。

二月廿八日，陰，夜有小雨，五、六度，九度。
昨入睡後，仍醒兩次，每次約半时始再成眠。今晨八时起身。上午閱安波寄所寫的參加開羅會議四小組委員會的工作報告，（計已有第二、三兩組，尚缺一、四兩組）。中午小睡一小时。下午補記在開羅[redacted]之日記。晚閱電影。十时服藥二枚，於十一时半入睡。

一九八二年三月一日，陰，時有小雨。十五、八度，九度。仍在廬州招待所。

昨入睡後曾醒兩次，但未起來，旋又成眠。今晨七時許又醒，即起身。上午閲大會（關罗會議）代表之發言（油印稿，英文）。熊佛西、黄佐臨等三人未談。中午小睡一小時許。下午續閲大會代表發言英文稿完。

今日甚感疲倦，時時有輕微暈眩。想來血壓必甚低也。

晚阅報至九时，服藥二枚，十一时许入睡。

三月十一日，晴，陽光燦爛，气温回升，约十七、八度。

昨入睡后于今晨三时许醒来，久久不能再睡，于是再服此劑一枚，阅书至五时许，始再求眠。七时许又醒，中便後，又睡，一梦醒来，才七时另三刻。不能再睡，即起身。上午阅報，阅康、夏所起草之関于会议总结報告。中午小睡一小时许，下午六时半赴某礼堂（可容千餘人）听周总理对五百科技工作者及三、四百戲剧工作者、文化工作者所作之報告，（关於知識分子政策的，批评过去反右时对知識分子有粗暴態度，錯戴帽子、瞎指揮，尊重、鼓勵知識分子改造，宜扣手加以選擇[redacted]。十一时完。十一时半，去賓館礼堂看馬師曾演出「天问」，紅線女演出「表園对槍」，（七）十时半服藥二枚，十二时许入睡。

三月三日，晴，二十度、九度。

今晨四时醒来，有不能再睡之势，於是加服M剂一枚，阅书约至六时，於五时许又成眠，八时醒来，即起身。夏衍、严文井、谢冰心於今晨飞返北京。上午九时来，出席话剧、新歌剧、儿童剧创作会议开幕式，由田汉致开幕词，计二小时。我致祝词。[redacted]。旋陈副总理、陶铸书记到会，共同摄影，即告休会。午后小睡一小时。王匡来谈片刻，他明日即将赴新会、湛江，并将在湛江学習半月云。六时出席省委及省人委、省府聯合举行招待戲劇創作會议之宴會。十时服藥二枚，於十二时許入睡。

三月四日，晴，二十三度，十五度。

昨入睡后，二时許即醒，再服藥一枚，半小时后始再成眠。五时又醒，腹脹，如厕，則竟水瀉。直开箱取藥服二片。六时半，知因長沙气候不好，不能按时起飛，須待八时方曉。（注）此后每半时都有消息促，尚不俟起飞。到十二时尚说且待十二时消息，但大局已定，今日不能动身矣。我的腹泻，因每四小时服四圆素三枚，连服五丸后已止。但腹中仍然不时鸣呼。未进早餐，午餐仅进少些汤麺。午餐后少睡一小时，下午仍休息。晚阅报至九时，十时服药二枚，于十二时许入睡。

六月五日，晴，赴北京途中。

昨入睡后，于二时醒一次，四时又醒，五时半又醒，即起身。六时早餐，六时半赴机场，原定七时起飞，因旧联贸易代表团十余人迟到，七时二十分始起飞。九时到长沙，因武汉气候不好，停留一小时又四十分，终于决定绕过武汉，直飞郑州，于是卸下货物若干，午后一时抵达郑州，停一小时，进午后，四时五十分到京。在机场欢迎者有文化部副部长三、四人，对外文委副主任三人，作协三、四人。晚整理衣物。九时，阅当天参资，服药二枚，于十二时许入睡。

三月六日，晴，十三度，三度。
昨入睡後醒了兩次，七時起身，昔睡六七時許，因服安眠藥過分時量，今日頭昏乏力倦。上午閱報，參資，中午十二時睡一小時。下午理髮，处理報刊來，晚閱電视至九時，十時服藥二枚，十一時許入睡。

三月七日，晴，十四度，一度，有风。
昨入睡後於今晨四時始醒，此為一月來未有之好現象；後又睡，但未酣，七時起身。做清潔工作，費小時。上午閱報，摘譯國內會议重要代表之發言，（為寫報告作準備也）。中午小睡一小時。下午們摘譯荒言，閱參資。晚閱電視到九時，又閱舊參資到十時服藥二枚，於十一時許入睡。

三月八日，晴，安眠。

今晨三時五時各醒一次，七時又醒，七時半起身，做清潔工作半小時。上午下午均摘譯七公荒言，中午小睡一小時。閱報，參資。晚閱電視到九時，又閱舊參資到十時，服藥二枚，於十一時許入睡。

三月九日，晴，安眠。

今晨五時醒後即不能酣睡，朦朧到七時起身，做清潔工作半小時。上午下午均寫關於開會議之公開報告。中午小睡，閱報，參資。

晚阅电视至九时，又阅报参资至十一时服药二枚，于十一时许入睡。

二月十日，晴，如昨。

昨入睡后，醒两次，今晨七时许又醒，至八时再睡，即起身。做清洁工作一小时。上午下午均读写报告，中午小睡一小时。下午六时到四川饭店宴请尼日利亚外宾二人（皆为参加开罗会议者），九时半返家，极感倦疲。阅报、参资至十一时服药二枚，十二时许入睡。

二月十一日，晴，如昨。

昨入睡后，醒两次，今晨五时醒后又朦胧睡至七时，起身。做清

脘痛未止时，甚倦，六时再作。
上午阅报，孔罗荪、叶以群来谈
一时。中午小睡。下午阅参资。晚
阅电视至九时，又阅参资至十
时，服药二枚，于十一时许又加服M
剂一枚，始入睡。今日乃星期。咳嗽
剧，服银翘解毒丸及桔红丸，
咳嗽未见好些，而胃中极不舒爽。
今日又服柏子养心丸（调剂治失眠）
亦未见效。

三月十二日，晴，十九度、三度。
今晨一时许、三时许各醒一次，五时
又醒，许久方朦胧入睡，但为[illegible]
唤醒，要我即烧牛奶，因小铜茶

七时才要上学也，真是她弄错了，七鋼是七时半上学，而她把的錶又快了半小时。上午六时起读写数告，直至十一时，方得休息。阅数、参資，中午小睡半小时，下午三时馬里大夫来診行，後已四时。晚閲[illegible]齋本參資完。九时服藥二枚，十一时许入睡。

三月十三日，晴，二十度、四度。

昨日咳嗽轉剧，入睡后不安枕，今晨三时醒一次，五时许又醒，甚倦，但不敢起来。七鋼畢備早餐，因她比昨夜咳嗽甚剧，我手督夜未睡，而此时方入黑甜鄉也。

今日仍无时间去医院治咳嗽，

因为一节要二小时，而我的报告今天必交出不可，上午不得不力疾写完它。中午未得安睡。下午处理出门时积压之来信来件十多起。晚间电视至九时，服药二枚，於十时许入睡。

三日 曇，晴，有风，二十度、〇度。

昨咳嗽甚剧，终宵不安枕，有一度烧。今晨六时起来，烧早退。八时赴北京医院，十时返家。医云：需要休息，谨防转为肺炎。中午未得安睡，盖因烧未退，胸作胀闷也。下午处理来信约二十件，此皆出门时积压者也。晚间电视至九时，又阅书至十时，服安眠药二例，十一时许入睡。

三月十五日，晴，大风，十二度，四度。

今晨二时，五时又醒一次，七时许又醒，即起身。仍然有烧，而且咳嗽也不见好。昨夜仍然睡不安稳。

中铜昨下午四时许发烧，五时，量体温，竟在卅九度五，当时即请定去医院（中苏友谊医院儿童科）急诊。六时许医生来了，诊断肺炎，于是注射盘尼西林，又给退烧药。她已三日无大便，我给她通大便药，但仍然不通，昨夜二时以后她的烧退了，也能睡了，今晨烧退，中午大便一次，但午睡以后又发高烧，仍有卅九度五，于是再请医生来。据说肺、肝等无异状，仍因受伤风而发烧。又注射一片，服合霉素。乃时汗烧渐退。

今日上下午阅报，参资，中午不能睡，此因咳嗽之故。晚阅报纸，至九时，服安眠药如例，又服止咳药（带麻醉性）一丸，于十时许入睡。

三月十六日，晴，仍大风，十一度，○下午五度。

昨晚睡后仍仍醒一次，但未起来，今晨醒来，天色已明，则六时矣。六时未起身。昨夜煤炉封得不好，今晨炉熄灭，而此项蜂窝煤球再燃大需时甚久，有时须二——三小时，早餐不能按时吃了。于是生电炉。因此于七时即赴医院验血，我

一人照料一切。到八时半方始回旦，
楼上楼下走了十~~几~~二十次，两腿酸
软。咳嗽昨夜较可，今晨却又转
剧，体温有一度左右之烧。
中钢昨夜仍然不能安睡，约至今
晨二时许，又吐又解了大便，烧退尽，
始入睡。今晨七时后又解了大便。
两次都不是水泻，稍乾稠些。但
昨夜及今晨大便时都说肚痛，
便后亦仍感肚痛。便时肚痛而
又解得不痛快，约半小时解完。
今晨无烧。且看下午如何。
上午下午均阅报、参资、杂件、
中午小睡。晚阅书至九时，服

药二枚（安眠药也）如例，十时半以后入睡。小钢今午的及今晚作温已常，惟食欲不佳，仍微喘。

三月十六日 晴，风止，如昨。今晨三、五、七各醒一次，七时起身。口中甚苦，身倦无力。上午阅报、参资，钱俊瑞来谈一时许。中午小睡一小时。下午处理杂事。晚阅书至九时服安眠药二枚如例，于十时许入睡。

上午写了病情概况，派人到北京医院取药，除止咳药

藥劑外，又加服助消化藥水，
味酸。小鋼今日无作溫，食慾
尚不甚好，然比昨日有進步。

二月十六日，晴，十二度，〇度。
有北風。今日星期，午後轉
陰，轉冷，有雪意。

今晨五時醒來，又睡至七時，起
身。幫助做早飯，上午閱報，處
理雜事。中午小睡一小时，下午三时
到前门飯店報到，閱參資，晚
閱電視至九时，服安眠藥二枚始
列，十时许入睡。

今日仍服止咳青藥，咳嗽稍
可，然而未全癒。小鋼看來全

愈了，今日已起床。

三月十九日，阴，五度，○下三度。

今晨○时廿分、四时，各醒一次，六时许再醒即起身，见瓦上残雪，始知昨夜又有小雪。上午下午均阅教、参资，处理新华、覆郎贞文一信（寄还新建设柔志退还郎所拟文稿），晚阅书至十时，服药如例，然而一小时后仍无睡意，乃加服安眠药一丸，始于十二时后入睡。

二月二十日，阴，六度。○下六度，有风。

昨入睡后，于今晨一时许即醒，后又醒两次，六时半起身。幸阅报，处理杂事。中午小睡一小时许。下午阅参资，处理杂事。晚阅电视至九时，服药二枚如例，十时许入睡。

二月二十一日，晴，如昨。

今晨0时半、四时许、六时，均醒一次，六时醒后天已大亮，仍甚倦。半后起身。烧好牛奶，剃鬚。七时半早餐。上午阅报、参資、处理雜事。中午小睡一小时。下午三时到勤政殿出席最高國务会议。五时先返。晚閲電视至九时，服藥二枚如例，又閲書至十时入睡。

三月廿二日，晴，如昨。上午風已止，午後有風。昨入睡后於十二时半即醒，此後於早晨四时與六时各醒一次，七时半起身，做清潔工作半小时。上午閲报参資、電信。閲稿。中午小睡一小时。下午处理雜事、電信，晚閲電视至九时，服藥二枚如例，又閲書至十时許入睡。

三月廿三日，晴，有風，十二度、一度。

今晨一时、四时，各醒一次，六时许又醒，是真倦，却不能不起来了。八时赴北京医院，日来早已退烧，咳嗽亦不甚剧，然而消化不好，精神倦怠，医生说是伤风未全愈之故。仍给止咳药水及表飛鸣药片。上午阅教、参资，处理杂事。中午小睡一小时。下午阅高等学校工作暂行条例草案。晚阅电视已九时，又阅书至十时，服药二枚，十一时许入睡。近来十分怕冷，昨夜穿了棉袄睡觉，始能一觉睡至五时。由此可知前数日之二小时即醒一次，乃由于不够暖也。天气不正常，春寒甚厲而暖气则是摆摆样子，每天要烧，然而房中温度甚低，又因病后，故特别怕冷也。

三月廿四日，晴，有风，十三度，一度。

今晨四时许醒来，小便后又睡，六时许又醒，即起身。八时大便，觉腹内胀闷稍可。上午阅信，阅报，参资。处理邮件。中午小睡一小时。下午阅高等学校暂行条例完，续阅囗营工业企业暂行条例草案。晚阅电视至九时，服药二枚，如例于十一时许入睡。

三月廿五日，晴，大风，七度，〇下三度。今日为星期。

今晨五时醒来，不觉再睡，至七时许
起身。上午阅报，经理特任人去所
作报告草案。十一时十分赴四川饭
店，适汀求于十一时半宴请柯麟
夫妇，经禅夫妇也。不料柯还带了
小英夫妇及小孩、小刚（柯第九子）
等三大人、二个小孩。于是换了个大
的圆桌面，肴馔则在来就半富，
无须添加，后来没有吃完。一时半
返家。小睡十来分钟。阅参考及
经理报告草案。晚阅电视至九时，
服药二枚后倒，但阅书至十一时半
就寝后不能入睡，乃再服红色丸
（安眠速效者）一枚，仍以阅书为驱

除雜念之法，至十二時後入睡。

三月廿一日，晴，如昨。

昨入睡後約半小時即醒，後來又醒了兩次，直至早晨六時許起身。頭暈，仍因服安眠藥逾半時暈而又不能酣睡之故。上午閱報，參資、總理的報告第二部分。中午小睡一小時。下午仍閱報告第二部分。晚閱至九時，服藥二枚如例，十時許入睡。

三月廿二日，晴，十三度、一度，大風。

昨入睡後於早晨五時許醒來即不能再睡，六時許起身。做清清洁工作半小时，又烧牛奶。九时半赴国务院全体会议。十二时返家。中午小睡半小时。阅报。下午四时赴人大主席会，五时返家。晚阅电视、又阅参考消息，至九时，服药二枚，如例，于十一时半入睡。

三月廿四日，晴，六度。〇下三度。有风四、五级。

今晨四时许醒来，久久始又入睡，五时许又醒，（不知这一次睡了多少时候，想来不会超过一小时），即起身。做清洁工作半小时。上午阅报、参考、处理杂事。中午去别小睡。阅刊物至二时半。三时许赴人大出席会议。六时返家。
晚阅电视，已九时，服药二枚，又
阅书到十一时许入睡。

二月廿五日，晴，大风，十二度、○
下一度。

今晨二时醒一次，五时又醒，六时
再睡，七时半起身。做清洁工作一小
时，阅报。九时半出席亚非作家
会议中国联络委员会，作了关于
第二次亚非作家会议的报告。十一
时许散会。中午小睡一小时。阅参
考资料。晚阅电视至九时，服
药二枚，看书到十一时许入睡。

二月廿六日，晴，十七度、四度。

今晨四时醒后又睡，六时许又醒，即起身。做清洁工作。七时。上午阅报，书刊，参阅。中午赴全聚德宴请香港出席政协的特邀代表及上海二人，请有蔡铭、夏衍，严文井作陪。六时返家。下午阅参资、书刊。晚阅电视至九时，又服药二枚，于十一时许入睡。

三月廿一日，晴，十二度，一度，有风，有时大。

今晨四时醒后又朦胧睡去，至六时起身。做清洁工作时，九时，副部长们来匯報，十二时畢，中午也睡一小时。下午处理雜事，晚出席部地下放映室看戲曲（潮剧）艺术片陈三五娘，（彩色的）。九时半完，十时服药二枚如例，但已十二时仍未入睡，直至十二时半始入睡。

一九六二年四月一日，阴，雨，十度，0度，无风，中间有风，较大。

今晨六时醒来又服药一枚，（因为较静），旋即入睡，七时又醒，即起身。煮牛奶来吃。下午有时间断续细雨，此时未止。时大时小，但大时每不过屋漏淅淅有声而已。上午阅报，处理杂事。中午小睡一小时。下午阅参考资料。晚七时赴工人俱乐部看京剧。十时半返家，服药二枚，十一时半入睡。今日有墨到

四月二日，晴，八度，0下三度。大风。

今晨四时许醒来，遂不能再睡，

加服M剂一枚，六时又醒，形扰浮气，但已既不能睡，亦不便再睡，六时一刻起身，做清洁工作半小时，烧牛奶。八时阅报，九时赴人大出席小组会。听了两个人的发言，（前者为冯沅君，尚有内容，后者为某纺织机械厂长，则公式文章而已），已十一时，小组主席宣布休息十分钟，而来继续发言者为某县史学家，述其赴新会，盛夸某地所见新建工业及农场等。十一时四十分，我离会场返家。中午小睡一小时，下午处理杂事，晚閱參考及其他刊至九时，服藥二枚如例，於十一时許入睡。

三月二日，晴，大風，十一度，○下度。

今晨四时醒來，加服鎮劑一枚，旋又入睡，五时許又醒，即起身。做清潔工作等事，六时，燒牛奶，七时赴人大會堂，出席大會，十二时返家。中午小睡一小时。今日上午时时醒畢，想因今晨四时服藥後未睡够之故。細究之时，不得不起身，因為家無傭人，室內清潔工作不得不自己做，而作為早餐之牛奶也歸我自去煮，再遲（七时）来者不把牛奶煮好，则由钢将空腹上学矣。
下午霞信，处理新件。晚到民族宫招待外交使团人员观看藏族话剧班表演文成公主。七时半开戏，直至十一时半结束。中间休息二十分钟光景。此剧有不够紧凑处。有些剧情似露斧凿之痕迹。归家后服药二枚，于十二时半入睡。

四月四日，晴，午后阴，有大风，十九度，五度。

今晨五时许醒来，旋又朦胧片刻，至六时许起身。做清洁工作半小时及煮牛奶如例。上午阅报秀滄、霞信。中午小睡半小时许。
府叶君健等来谈英文版中
国文学事。三时赴人大出席中
国会。五时返家。顺路至华四人
民市场买铅笔，不料竟缺货，
据云只有质量不好之铅笔。此
为中学生用铅笔，铅芯软硬不一，
即同一铅笔之铅芯有一段软，另
一段过硬，且削时易断，废笔
品则当小孩子用，既不方便，也
造成浪费。不知各国之铅笔
厂何以大量出产此等劣货而毁
好者反不生产之。又买毛笔，则

只有一种，看样就是劣货，问还有别种较好者否？，则以西药示，然而此种西药也是天晓得。价钱可不便宜。姑买四支。

晚阅《参考资料》第四二辑至九时，服药二枚，即倒，但到十二时许尚无睡意，乃加服M丸一枚。三时后始入睡。

四月五日，晴。如昨，仍有风。

今晨五时四十分左右醒来即不能再睡，（此前也醒过一次），六时许起身，做清洁工作，七时，煮牛奶。上午阅报，参资，处理雜事。中午小睡。下午閱書刊。晚看法國所謂新浪潮派的劇片《長別離》，此蓋以極端隱蔽的手法，宣揚資產階級的和平共處也。九時半返家，服藥二枚如例，於十時半入睡。

四月五日，陰，雨，四度。

今晨四時許醒來，半小時後猶未成眠，乃加服川丸一枚，又閱書，半小時乃入睡，六時又醒，七時半起身，做清潔工作等如例，上午閱報，參資，處理雜事，中午小睡一小時。下午赴人大出席散會。五时返家。晚閱书至九时半，服藥二枚如例，於十时半入睡。

四月廿日，晴，如昨。

今晨四时许醒来，旋又睡去，但不耐。六时许又醒，即起身。做清洁工作半小时，黄牛奶。上午閱報，參會。中午照例小睡。下午处理雜事。晚閱電视至九时，服藥二枚，又閱书至十时半入睡。

四月廿一日，晴，十八度、四度。

今晨四时许醒来，又服川丸一枚，旋又睡二小时，於六时半起身，做清潔工作半小時，散步刻。閱報，參資。十一時半赴北海，十一時赴政協，（何賢、費彝民等三人合請客，集約百來人）。一時半返家，未刻小睡。閱書。晚閱電視半小時，又閱書至九時半服藥二枚，於十二時許入睡。星期、今日為

四月九日，晴，十八度、四度。

今晨四時曾醒一次，旋又入睡，六時半又醒，即起身。做清潔工作半小時，散步刻。上午閱報、參資、中午小睡一小時。下午閱書，四時赴勤政殿出席最高國務會

儀。七時半返家。晚閱書至九時服
藥二枚,又閱書至十二時許入睡。
四月十六日,晴、暴風、好晴。
今晨四時、五時各醒一次,六時半
起身。做清潔工作半小時。煮
牛奶。上午閱報、參資、處理雜
事。中午小睡一小時。下午三時赴
人大出席大會。六時半返家。晚
閱電視,至九時半服藥二枚。於
十時半許入睡。
四月十七日,晴、有風、二十度、四
度。
今晨五時許醒來,不料再睡。
起視爐滿煤球灶,則已自熄滅。

於是臨時用電炉煮粥，半小時許。做清潔工作，八時閱報，九時處理什事，十時半閱參考，中午小睡，下午二時半赴怀仁堂出席政協大會討論，六時半返家，晚閱電視至八時，又閱完政協昨日及今日上午之發言約二十份（連同書面發言），服藥二枚，於十一時半入睡。

四月十三日　晴，大風，十五度、二度。

子夜四時許醒來，迄不能再睡，又加服丹丸一枚，旋又睡，六時半醒來，即起身，洗漱畢，做

读读文件半小时，熏半小时。七时阅报，九时赴人大，十一时返，阅参资。中午饭，睡半小时左右。又阅昨日人大代表发言稿，处理杂事。六时二十分赴阿联使馆，因阿联代办请客——除邀第二次亚非作家会议之全体中国代表团外，还请了对外文委和中阿友协有关人员，共约四十人。九时返家，服药二枚，直至十二时始入睡、

四月十三日，晴，十九度、四度、风已止。但下午又起风。今晨四时许即醒，又加服M丸一枚，旋又入睡，七时许又醒，

倦極，即寐。朦朧至二時半
為鬧鐘喚醒，即起身。做清
潔工作，費半小時。上午
閱報、參資、覆信。中午小睡
一小時。下午處理雜事。閱老舍
叢言稿。晚閱電視至九時，服
藥二枚，又閱書至十時半入睡。

三月十四日，晴，有風，廿七度。

今晨四時許醒來，有尿，則再睡
紛亂，乃加服丸一枚，旋又入睡，
六時許又醒，朦朧至七時後起身，
做清潔工作，費半小時，
閱報、參資、老舍叢言稿二十餘

行。中午少睡。下午三时赴人大出
席参张座谈会、五时毕，返
家。晚阅电视至九时半服药
二枚，又阅书至十时入睡。
　四月十七日晴，二十三度、八度。
少风。今日为星期。
　昨晨四时醒来，有不能再
睡之势，加服门丸一枚，才十时
的入睡。六时许又醒，六时才起身。
做体操，作半小时。早餐牛奶。
上午阅报、参资。中午小睡
一小时。下午二时半赴怀仁堂，
人大会作代表三组讨论草案

照相、接着与政协全体委员
及特邀人士照相。四时许赴人
大河北厅、文化部邀请人大、
政协文艺界人士座谈、六时
返家。晚阅电视至八时半、又
阅书至十时半、服药二枚如例、
于十一时许入睡。
四月十六日、晴、大风、寒流
又来了、十五、四度、
今晨四时许醒来、加服M丸
一枚、旋又入睡。六时又醒、即起身
做徒手操半时、食早饭。

上午閱報、參資、大會發言稿。

中午小睡一小時。下午三時赴人大會，六時返家，飲茶，因閉幕。

晚閱書至九時，服藥二枚，於十時許入睡。

周 十七日，晴，大風，比昨日更大、寒、三度。

昨晨四時許醒來，旋又入睡。五時許又醒，即起身。上午閱報、參資、大會發言稿。中午小睡一小時。下午三時出席華文中日文學編輯部召開之座談會，並便飯、

七時半赴政協禮堂出席紀念

擴大會，九時返家，又閱書至十
時服藥二枚，十二時許入睡。
四月十八日，晴，二十二度、八度。
有大風。
今晨四時醒來，又朦朧至六時
半起身，做清潔作半小時，蒸
牛奶。上午九時赴政協出席常委
會議擴大會，十二時返家，中午小
睡一小時，下午閱報，參[illegible]，四時
出席政協大會閉幕式，六時返家。
晚閱電視至七時，又閱書至九時
服藥二枚，約十時許入睡。
四月十九日，晴，廿五度、十度、
仍有風。

今晨三时醒来，以又睡至六时，不能再睡，然而十分疲劳，七时半起身，做清洁工作半小时，喫牛奶。上午阅报，参资，处理杂事。中午小睡一小时。下午阅书，处理杂务。晚看英国片《鬼魂西去》，九时来返家。十时服药二枚，又阅书至十时半入睡。

四月二十日，晴，花，渡，有风。

今晨三时许即醒，以又睡，五时许又醒，因须起而生炉子，不敢再睡。生炉子以又做清洁工作半小时。喫牛奶。上午阅报，参资，处理公文，中午小睡一小时，下午处理杂事，晚阅书至十一时，服药二枚，十一时又加门丸一粒，十二时半入睡。

四月廿一日，晴，东风，廿三、十度，今晨三时许醒来，阅文，睡，五时许又醒，即起身，做清洁工作，八时，黄牛奶，九时陆治部务会议，十一时毕，中午小睡一小时，下午理发，阅报，参资，晚阅书阅電视至九时，又阅书至十一时，服药二枚，十二时许入睡。

四月廿二日，阴，廿三、七度，中午大风。今日是星期。

今晨五时醒来，旋又朦胧至六时才起身，做清洁工作，七时，喫牛奶。上午阅报、参资。中午少睡一小时，下午阅书。晚阅电视至九时又阅书至十时服药二枚，（以后又加服丸一枚。）十一时许入睡。今晨五时肚胀，泻少些，即服止泻丸一枚，八时又服一枚，九时少进饮食，至晚已平复。

四月廿二日，晴，廿度，卅度，

今晨四时许醒来后又睡至五时半，不能再酣睡，六时起身，盥毕，做清洁工作。七时，煮牛奶。上午阅报、覆信，阅参资。中午小睡，下午二时至五时接见叙利亚大使庞利、时富昨夜里斯凯尼亚，（都是摄氏十度）。晚阅书至九时服药二枚，十一时许入睡。

四月廿三，晴、风，廿二、八度，

今晨五时半醒来，不能再睡，因此就误早晨之家务工作也。六时起身，做清洁工作半小时，煮牛奶。八时阅报。九时开始为人民文学写纪念延安文艺座谈会讲话发表卅五週年之短文。十一时阅参考资料。中午小睡，约一小时。四时，邵荃麟、葛琴来谈，五时去。晚阅书及看电视，九时许服药二枚，十时半入睡。

冒暑日，曝、光、九度、有风。
今晨六时许即醒，加服川丸一粒，
后又入睡，五时许又醒，后再睡，但
头晕。六时起身。做清洁工作（西湖徵投稿）等
七时，煮牛奶。八时为大众电影学
赞剧作美术蝴蝶找蚂蚁题词
如下：白石去了珍，传递清新，
紫室擅缠制，佳佳可乱真，何
期剧坛，齐声，创造惊鬼神。
名画有了新动，蹁跹翩翩如生。柳
叶扎飘雨，芙蕖散幽香。蝴蝶
找蚂蚁，奔走询问忙。此属执一体，
再三错过，狼。莫笑蝴蝶傻，人

每有如此，好人办坏事。认识不全面，莫笑故事诞，此中有哲理；画意如诗情，三美此全具。上午阅报，参观，送人民文学纪念延安文艺座谈会讲话短文一篇，此为应制作，小宣传定口径，反正写不好，只需如此。中午小睡，约一小时半。下午阅书。六时赴新侨饭店，出席朝鲜大使为纪念朝鲜人民抗日游击队创建卅周年之酒会和电影晚会。九时返家，服药二枚，又阅书到十一时半始入睡。

一月廿六日，阴，有风，二十九度，天气转冷，风转大。
今晨三时醒一次，后又睡，六时五时许又醒，但仍朦胧未全醒，六时半起身，做清洁工作，半小时，喫牛奶。上午处理信件，阅报、参资。中午小睡一小时。下午处理公事。晚阅电剧至九时，又阅书至十时，服药二枚，又读阅书至十一时许入睡。
一月廿七日，晴，十九度，二十度。
午后又有大风。

今晨三时许醒来，后又睡，但已不酣，五时许又醒，到厨房看煤炉已未熄灭，孟昨晚看电影回来，煤炉（将离煤球炉）已奄奄一息，急需抢救，烧了木柴，已十时他们有饭，十时后我又去看过饭，十一时始将炉门关闭，孟不闭又怕（但心中惟恐再发老毛病）不利，维持已不易，闭则又恐熄，想一举而两好，于是把那锅放上，又回来躺了一小时，朦胧而已，未睡未醒，已六时半起身，做体操，半小时，复午眠。八时起，阅报、霞信四封，阅参资。中午小睡一小时。下午处理杂事，覆信两封，（贺

一是吞胡方春（的）。晚阅电视至九时，入阁前至十时，服药二枚，於十时许入睡。（十一时又加服門丸一枚，始）

胃只六日，晴，细有古风，关度。

古概昨日用腿过多，（天实与覆信五、六封），入睡后不安枕，自二时分醒一次，四时后第三次醒后即不能酣睡，但腰腿而已。五时半有闹钟呼醒即起身。做清洁后半小时，老失牛奶，早餐后（七时四十分）颇感头晕，勉强支撑着看了報。八时半洗浴，处理杂事。写信给安井观把罢麻黄素，因手术需要此药而未西晚死，医生无不肯用冷也。中午少睡约一小时，三时，部长会议，谈恢复一九五九年稿酬办法及筹设编辑館事。六时毕。晚阅书至九时，服药二枚，又阅书，直至十一时始有睡意，十二时才入睡。此时北风怒吼。

胃先日，晴，晨，八度，仍有北风。

昨入睡後醒了三次，晨五时半第四次醒来，到厨房一看，则煤窝炉又奄奄一息矣。将其抢救。做清洁工作，未中时，整平炉。周煤大旺，八时未中时始毕。阅报，覆信。十时四十分赴中苏友协揆见两联书画旅行团（昔计二十三人，其中有研究中国文学之文史林坊李罗金）。十二时去全聚德便宴。三时回家，倦甚，躺在床上阅参资。晚阅电视至八时，又阅书至十时，服药二枚，於十一时半入睡。（六时半，部中全体干部聚会，在本部食堂。）

[illegible]昔日，晴而阴隐，[illegible]度、[illegible]度。

廿八

昨晨五时许醒来，（此前曾醒一二次，但即睡，未曾起身小便。）旋又睡醒，至六时半起身。到单位，做清洁工作半时，费半小时，以时间较处理邮件。到单位甚，脑搏极慢，大概血压较低於百度矣。因低於百度，常有此现象也。躺了一小时再行入睡，六时醒，梳洗漱完。午后二时许去睡得一小时。到单位阅件，处理诸事。五时卅分赴人民大会堂宴会所，出席陈外长招待外宾的五一前夕宴会，十一时返家。服药二枚，於十二时后入睡。

一九六二年五月一日，晴间阴，七级风，
廿度，十五度。
昨入睡后醒多次，幸即能再睡，
五时卅分后又醒，却不能再睡了，倚
枕阅书至六时半起身。做清洁后半
小时，煮牛奶。八时后阅报，阅书，处
理杂事。中午小睡一小时。下午阅书，
杂事。晚六时至北海仿膳吃饭，八
时至天安门楼看烟火，十时许返家，
十时半服药二枚，至次晨一时仍
未入睡，于是加服丸一枚，二时
后入睡。

五月二日，先雨后晴，二十度，九度。
今晨四时许醒一次，六时许又醒，

旋又朦胧片刻，约五时四十分又醒，即起身，做清洁工作半小时，看半小时，八时后阅报、参考资料，阅书。中午小睡一小时。三时后处理杂事，阅书，写印蓼龢一信，白尘一信。晚阅电视至十时，服药二枚，又阅书至十一时半入睡。

五月三日，晴，廿七度、十七度，有风。

凌晨三时、五时各醒一次，六时又醒，即起身。做清洁工作半小时。整理书刊。八时后阅信阅报，看「三年小说选」之初选「交通站的故事」「峻青」并作札记，（约万二千字，看了一小时又半），阅参考。中午小睡一小时。下午看

「山鹰」安峻青作，约万许字，也作了札记。这篇初选有不同意见，我主选前，或主选后，但主选者须了解放军文艺编辑部，选定了者。我亦赞成前者，但须对于他们说明选者的缺点与读后使人惨，则不以为然。晚阅电视至九时，服药二枚，又阅书至十一时半入睡。

五月四日，晴，大风，廿六、七度。今晨三时许醒一次，五时许又醒，到毕，终不能再睡，即起身。做清洁工作半小时。进早饭。八时起，阅三年选中管桦的两个短篇，并作札记。因到毕，但想不到很等中，下筆遲鈍。十一時後閱報，參資。
中午少睡一小時。下午印單稿子、
覆信。處理雜事。寫下對於峻青、
管樺四篇作品取去的意見。晚七時
赴蘇大使為慶祝真理報創刊五
十周年之酒會。十時半返家。服藥
二枚，於十一時半入睡。

五月五日，晴，有風，最高九度。
昨晨三時、五時又醒一次，五時許
又醒，即起身。做清潔工作半小時。黃
昇羽，八時閱報。九時學習報告會議。
十一時半完畢。十二時半赴匈大使館
出席匈大使為慶祝中匈友好條約
訂約簽字三週年之宴會。下午三時返家。

閱參資。晚閱電視至九時，服藥二枚，又閱書至十一時入睡。

五月六日，晴，大風，廿六、十度。

夜間三時醒來，旋又睡，五時又醒，久久不能再睡，乃服柏子丸七粒，以十多分鐘又睡，竟一夢又醒，則為六時二十分。即起身，做清潔工作。七時。麥手羽。八時閱報，參資。中午睡一小時。下午處理雜事。晚閱電視，又閱書至十時，服藥二枚，又閱書至十一時入睡。

五月七日，陰，有風，廿二、九度。

夜間三時醒一次，五時又醒，即不能再睡，六時起身，做清潔工作六时，煮牛奶。八时阅报，九时到十一时阅三年小说选初选及备选目中马烽小说三篇并作札记。十一时阅参资。中午小睡一小时，下午处理公事、来信等。晚六时半赴作协出席作家聚餐会（人各出一份餐费，是真正的聚餐），九时半返家。服药二枚，于十一时许入睡。

五月八日，先晴后阴，降霾，大风，十五度、七度。

昨入睡后于今晨二时、四时各醒一次，六时许又醒，即起身，做清洁工作一小时，煮牛奶。阅报，旋九时—十一时，阅三年选目初选，即阅参资，中午小睡一小时。下午处理杂事，批公文等。晚阅电视至九时，又阅书至十时，服药二枚，又阅书[redacted]至十二时许入睡。

五月九日，晴，暖，十二度。午后大风。

昨入睡后于今晨三时、五时各醒一次，六时许又醒，即起身，做清洁工作，七时，喫牛奶。八时阅报、处理杂事，阅参资。中午小睡一小时。下午校阅历史与历史剧完。五时十五分赴捷克大使馆之招待会，盖今日为捷国庆日。七

时许返家，阅电视至九时，又阅书至

十一时，服药二枚，又阅书至十二时许

入睡。

五月十日，晴，午后大风，廿度、

十四度。

今晨三、五时各醒一次，六时许又

醒，七时二十分起身，做清洁工作，十

一时，煮牛奶，八时阅报、参资，

阅三年造初过目中英大鹏之七说

并做札记。中午十一时睡一小时，下午仍

阅英雄传，并阅三篇，校阅麻史

与麻史剧，抄雨之词，校正卷。晚七时至

东部大放映室看西班牙剧片，

九时返家，服药二枚，又阅书至十一时许入睡。

五月十一日，晴，东北大风，冷，十二度。

今晨三、五时各醒一次，即未就再酣睡，朦胧至六时起身，做清洁工作至七时，煮早餐，上午阅报，参资，阅三年造之初步目录，七鹤小说集作笔记，中午假寐十来钟，二时半赴民族文化宫礼堂，出席纪念赫尔岑一百五十年诞生纪念大会，四时半返家，处理杂事，晚阅电视至九时，服药二枚，又阅书至十一时许入睡。

五月十二日，晴，芜，十二度，午后大风。

今晨三时、五时各醒一次，七时半再醒，即下床再睡。做读诗工作半小时。看莫牛册。九时部务会议，十二时赴波大使邀宴。二时返家阅报，参资等。一波大使邀宴为欢送波文化代表团，席设全聚德，有我方之会、煤炭方之全方面人员及其他人参加。中波友协秘书长黄序华出席）。晚阅电视至九时服药二枚，又阅书至十时半入睡。

五月十三日，阴，廿六度，十七度，有大风。又夜风转大，飞沙走石。

今晨三时醒后有不能再睡之势，乃服柏子丸七粒，四时许又入睡，六时许又醒，即起身。写笔。做清洁工作未完时，奠华来。八时许带小钢去北京饭店理发，小宁同往。后又到丽影照四相，十时半返家。阅报。中午小睡一小时许。下午阅参资，处理杂事。晚七时赴民族文化宫看话剧《大焰山的怒吼》。十时半返家，服药二粒，阅书到十二时许入睡。

五月十四日，晴，午后大风，廿六度，十一度。

今晨二时醒来，旋又入睡，五时许再醒，乃不能再睡，躺到六时许起身。做清洁工作，费半小时。阅报、处理杂事，阅三年生燕鹃作品并作札记，阅参资，中午小睡一小时，下午续作读燕作之札记。处理杂事。覆信。晚阅书至九时，服药三枚，仍阅书至十一时半始入睡。

五月十五日，晴，风，凉，九度。

今晨六时许即醒，觉得被子厚了，不能酣睡，乃改用毛毯。四时半又醒，遂不能再睡，加服M丸一枚，约半小时后入睡，于六时二十分为闹钟唤醒，乃起身。做清洁工作半小时，费半奶，八时阅報，处理雜事，閱三年造中擱造之王汉石作品。中午小睡一小时，下午三时，邹荃麟等来谈三年小说造之標準等问题，五时辞去，阅参资，晚阅電视劇九时，服藥二枚，九时移十一时许，又阅书，入睡。

五月十二日，晴，上午大风，午后稍斂，廿六、十二度。

今晨二、四时各醒一次，五时许又醒，即起身，做清洁工作，六时，喫半奶，八时阅報，参资，处理雜事。閱三年造初选目一篇，中午小睡一小时，下午三时楼适夷来谈编郭沫若文集及其他事，四时许辞

去。阅三年选初选月一篇。共定稿
来。晚阅电视至九时，服药三枚，
又阅书至十一时入睡。

五月十七日，晴，有风（三—四级），
共六十度。

今晨二时、四时各醒一次，五时
才又醒，不料再酣睡，七时许起身，
做清洁工作半小时，费半明。八
时阅报、参考，处理杂件。十时后
写笔记（今晨起身即将写毕）。
即不再阅书，休息。中午小睡一小时。
下午三时处理杂事，阅书。晚在部
内大礼堂看电影，九时半返
家，服药二枚，十一时许入睡。

五月十八日　晴，有风，如昨。

今晨二时半醒一次，五时半再醒，不能复睡，六时许起身，做清洁作半小时，喫牛奶。处理杂事，阅报。九时赴作协出席纪念延安文艺座谈会讲话发表二十周年之座谈会。十二时返家。中午小睡一小时。下午续开会（三时至五时半）。晚阅电视至八时，又阅书至九时半，服药三枚，于十时半入睡。

五月十九日　晴，有风，卅三度、廿四度。

今晨三时许醒来，久久不能入睡，乃侍枕阅书，直至四时许始再成眠，但不酣，五时四十分又醒，结果，但已不能再睡，即起身。做清洁工作半小时。煮牛奶。阅报，处理杂事。九时，部长班教会议，十二时完。覆信四件。中午小睡一小时。下午阅参资。处理杂事。晚阅电视至九时，服药三枚，於十时半入睡。

五月二日，晴，有风，廿度，十五度。

今晨四时许醒来，即不能再睡。五时三十分起身。做清洁工作半小时，煮牛奶。今日是星期。上午阅报，处理杂事。中午小睡一小时。下午阅参资。晚阅电视至九时，服药三枚，又阅书至十时半入睡。

五月二十六日，晴，有風，如昨。

今晨二時、四時各醒一次，四時后即不能酣睡。五時許起身，煮牛奶，做清潔工作。未十時，今日有一保姆將來工作，此為數月來第一次，不知何故長居也。

自昨日起即患咳嗽，昨夜幾乎不能安枕。不僅此也，一个月來常常咳嗽，似有氣管支炎之病。九時赴北京醫院診視。（七已九時閱三年送之初步目）十時從醫院返，閱參資。中午小睡一小時。下午三時鳳子趙尋、魏魏、黃先生來談，五時卅分辭去。小鋼進膳過，有血。晚閱書至九时，服药三枚，又阅书已十时许入睡。

五月二十六日，阴，有风，卅七、九度。

今晨三时醒来，不能再睡，乃执行加服川贝丸一枚，又阅书半小时，四时许入睡。六时许又醒，旋即起身。做清洁工作半小时，整理物。八时，小调赴医院诊病。阅报，处理杂事。阅参资，中午小睡一小时。下午二时半赴作协之联欢会，为纪念「讲话」发表二十周年，邀请在京理事及会员共二、三百人，又请艺术家表演独唱、京剧、赣剧、川北柳子等，十时始散。晚阅电视至九时，服药三枚，十二时许入睡。

五月二十三日，晴，有风，卅、廿五度。

今晨二时、四时各醒一次，四时以后久久不能再睡，服枸杞子丸数粒，迟迟入睡，七时许又醒，即起身。上午阅报、参资，中午小睡一小时。下午清理旧存书刊。晚到政协参加纪念晚会，至九时归，服药三枚，于十一时许入睡。（今晚在政协举行之联欢会，纪念"讲话"发表二十周年，乃文化部与中國文聯共同組織的）。

五月二十四日　晴，有风，卅五度，

廿七度。

今晨二时、四时，各醒一次。六时醒后又服植物丸数粒，旋又睡，至九时，为邮差惊醒，此后不再能入睡。（做）九时起身，做清洁工作，半小时，费半小时。上午阅报，处理杂事。精神不适。欲阅三年选初选目不果。连日懒倦，不知是天热之故，抑因咳嗽感冒。咳嗽仍未服药，已渐痊。中午小睡一小时。下午三时赴人大四川厅，总理会集各部长谈话。七时散会。晚

閻霍視至九时，又阅书至十时服
药三枚，仍阅书，十一时半入睡。
五月二十二日，晴，有风，廿三度
十八度。
凌晨二时、四时各醒一次，五时
再醒，即起身。二时醒时已腹痛，
如厕，拉出不多，状如腹泻，但只稀
薄，未成水状。因今日须到医院
验血，故未服合霉素了，颇以为苦。
四时又拉一次，则量少而有粘液。
五时起身后又拉一次，量更少而粘
液更多。其中则。七时廿分赴北

京医院，抽血后即到保健室诊视。因咳嗽仍未全愈，且昨日发声微哑，咽唾沫时咳引微痛，故又取止咳药及合霉素。十时返家。昏昏欲睡，实不耐坐，便卧床已。阅数页无甚趣味。中午进粥少许。少睡一小时。三时赴人民文学出版社开郑振铎遗著出版委员会。五时散会，即返家。晚阅电视至九时，服药三枚，又阅书至十时许入睡。

五月二十六日，阴，有风，十度

有小雨，十幾攝，地面未全濕。卅度，廿七度。

今晨二時，四時多醒一次，此後即未再酣睡，五時二十多起身，做清潔工作半小時，煮牛奶。自服藥後腹疾已止。咳嗽亦漸輕，但仍未根絕。上午校改前日所寫之「孩子們學會拼音文字又回來的問題」，此應文字改革用刊之請。本當於昨日交卷，不意略感病，故遲了一天。閱報，參資。中午仍進稀飯。中午小睡一小時。下午處理來信。處理雜事。晚七时赴民族文化宫看赣剧西厢记（凌鹤据董解元、王实甫两西厢改编为十五场，分上下集）。十时卅分返家，即服药三丸，十一时许入睡。

五月一日 晴，大风，廿度，十二度。今日为星期。

今晨三时、五时各醒一次，七时后未能酣睡，八时许起身，做法清之后未十时，复半眠。上午阅报，参资，中午未睡一小时。下午处理杂事。晚七时偕赴民族文化宫看西厢记下半部，十时返家，服药三枚，十一时许入睡。

五月廿六日，晴，大风，廿六度、十四度。

今晨二时、五时各醒一次，五时醒后遂未能入睡，六时许起身，做清洁工作至七时，煮牛奶。早阅报、参考，处理杂事。中午小睡至三时。下午覆信，四时，薇文并、帅俦来谈，五时半辞去。六时赴阿富汗大使为阿国庆举行之酒会，七时半返家。晚阅书至十时服药三枚后倒，然至十一时仍无睡意，乃加服川丸一枚，於十二時許入睡。

五月廿九日晴，中風，廿五度、十五度。

昨入睡後咳不止，乃又服麻醉性止咳藥一片。後來於三時醒一次，五時再睡，則又不得酣睡。朦朧至七時起身，做清活作，來時，畫半幅。上午覆信四封。閱報，參資，處理公事，中午十二時睡一小時。下午三時出席作協書記處會議，五時返家。晚閱電視至九時，服藥三枚如例，又閱書至十一時入睡。

五月卅日、晴、热风、廿七度、二十度、

今晨二时、三时各醒一次、五时醒后再酣睡、朦胧至六时许起身、做清洁工作、未七时、煮牛奶。上午阅文件、覆信、阅报、参览。十二时赴波大使为欢迎我工会代表访波归来之宴会、二时许返家。小睡一小时、续阅文件、处理杂事。七时赴朝鲜大使为时陆辞、刘白羽访朝归来所设的宴会。九时半返家、服药三枚如例、又阅书、二时许入睡、直至翌晨五月廿日，晴，多云，卅三度、二十度。

今晨五时许醒来，后不能再入睡，辗转，朦胧至八时二十分起身，做传法练半小时，费半明，阅报，处理文件及琐事，阅参资。中午小睡一小时。下午处理杂事。阅三年选初选目，出书选一篇。（连日事忙，搁起已久，今始得续阅。）草作札记。晚阅电视至九时，又阅书至十时许入睡。服药三粒如例。

一九五二年五月一日，晴，卅四十八度，連日燥熱，甚可耐，今日天气預防告说白天多雲轉陰有陣雨，但九时頃陽光又復雲陣遮去，仍无雨意，不知今后如何耳。（上午九时记）。

今晨二时醒來后不能即睡，燥熱甚不可耐，服柏子丸七粒後又閱書至三时許始入睡，但至五时許又醒，此后即未能酣睡，六时半起身，做清洁衛生事，七时，喫牛奶，閱報，洗浴，十时出席國务院全体會議，十二时半返家。中午小睡一小时。下午处理文件，覆信。晚閱電視至八时，又閱书至十时，服藥三枚，於十时许入睡。今日始終未有滴雨。

二月二日，陰，有时微露陽光，氣，卅二度，十九度。陰。

早晨三时，四时各醒一次，六时许又醒，即起身，做清潔半小时，煮牛奶。八时半偕化，小鋼，赴香山碧雲寺，五中校友協會秘书處邀請涉使館全体人員（及夫人）作一日郊游，藉以聯歡。

九时许到碧云寺，外交部亚欧司
副司长陈（浙人）已在，波大使尚未
到。九时二十分，波大使及夫人又二翻
译到，闲谈至十时许，大使馆一批
人员（连同女眷）也到了，因为他们
坐的是旅行大车，不能上山，须在
离寺二里路徒步上山，故迟到了。
游览了碧云寺，大使拍了电影，
我方多人拍了照，十二时许到香山
饭店进午餐（宾主共两桌），又休
息到二时许下山，顺道又参观了卧
佛寺。三时许客人告别，我们回家
时已三时四十分，甚倦，阅报，香

消。微觉苦冷，胸胃皆闷。五时许
服犀翘解毒丸（香港）一枚。闷
甚，视已如昨，又闷甚，十时服药三
枚，如例，十一时许入睡。
六月三日，晴，十九、廿七度，
十七度。晚觉爽些，不如昨日之
闷。今日预告傍晚前后有小
阵雨，且看如何。（九时记）
今晨四时醒来，腹中攻动，如
厕，拉稀，即服合霉素二枚，又服
柏子丸六粒，又拉，闷了一小时，始再入
睡，五时许又醒，五时二十多起身
做清洁的来时，替手帮。

今日為星期，晨及六字於昨晚十二時許到家。上午閱報，參觀、甚倦。時時有發冷感覺，乃再服羚翹丸一枚。中午小睡一小時。下午閱書，晚閱電視一小時，又閱書至十時，服藥三枚如例，於十一時許入睡。今日晚六時許有小陣雨、

六月四日，晴，東風，廿六度、十七度。預告傍晚前後有小陣雨。

今晨五時許醒來，閱半小時後又朦朧入睡，六時二十分又醒即起身。做清潔工作半小時，

麦牛奶，閱報，九时至本部会客室接见新任锡蘭大使，十时许辞去。閱参考资，十一时许，徐平羽来谈约一小时去。中午小睡一小时，下午閱刊物，处理公文。晚七时半赴吉祥胡同参加作協举行之第一次作家联欢會，到三十餘人。十时许回家，服药三枚，然后又閱书至十二时许入睡。

今日晴，有风，气温十四度。

今晨二时，如厕，多醒一次，六时

许再醒，即起身，做清洁工作毕七时。煮牛奶。上午阅报，参资，处理琐事，公文。中午小睡一时，下午阅三年选书之五第三篇，晚阅书至十时，服药三枚，十一时许入睡。

六月六日，晴，大风，卅三度，十七度，预告有零星阵雨，大概鉴于连日有预报阵雨均未兑现，故今日也只是说有零星阵雨了。

今晨四时许醒一次，六时许再醒，即起身，做清洁工作毕小时。莫斗奶。为来李公渔之赣剧团题诗一首：辛勤翻案谱青阳，敢与前修较短长。人物满场谁最胜，柔情傲骨一崔娘。欢看「贺计调」赣剧西厢记。阅报，参观。批公事。中午小睡一小时。下午阅三年选小说，并为明日讲说了刘树生小说（三篇）作札记。晚阅电视西游记，又阅书至十时，服药三枚后倒，于十一时许入睡。

六月十二日，晴，阴，大风，二十八度，十三度。

今晨四时许醒来，又睡，六时许又醒，略觉疲劳，起身，做体操，六时半早餐，阅报。九时赴政协出席常务会议，十一时许返家，阅参考，中午小睡一小时，下午阅六年选中学生的作品选编札记，晚七时赴文部十放映室看电视片"一年中的九天"，九时半返家，服药三枚，阅书至十一时半入睡。

六月十三日，晴，大风，如昨。

今晨一时许即醒，而且有点到再睡之势，乃加服柏子丸三粒。又阅书一小时，始又入睡。又有一梦又醒，则仅三时许，只睡一小时耳。尤奇者，此梦乃续一时前之梦。未而不久又睡去，四时许再醒，又睡，五时许醒，则天亦亮不再睡矣。做清洁事半小时，整齐切。七时覆信三封，（内一封为耶鲁南方佑告怀楠花楼抄本事给文物局转北京图书馆的）。八时许阅報，处理杂小事。阅三年选中唐克对之小传 五作筆記。中午小睡一小時。下午續閱三年進中小說兩篇並作筆記。晚閱電視至九時，又閱書至十時，服藥三枚如例，於十一時許入睡。

六月九日，晴，有風，卅度，十七度。

今晨三時醒後又睡，六時許又醒，即起身。做清潔工作，七時，早餐，閱報。九時，出席本部召開三反運動負責人及党外高級知識分子座談會，由蔣燕錢偉達總理委員出席对部长们所作之報告。十二时半散會。中午由睡一小时。下午阅参資，續阅三年选的材料並作札記。晚阅電视至九时，又阅书至十一时，服藥三枚，十一时许入睡。

六月十日，晴，卅三度、十七度，有风。

昨入睡后不久即醒，此后直至十二时仍然只是迷迷糊糊而未酣睡，因时有鼠在嚙物，忽东忽西。明灯讀书至二时许，见鼠走入衛生间，遂将门関上。又加服一枚，乃於半小时后入睡。越二小时又醒，幸而倒再睡，等早上时二十分后闹钟叫醒。如厕，则见昨夜搅我之鼠不知何故跑出玻璃窗（这是上下推动的推窗）与纱窗（此出玻璃窗之外）之间，我乃将玻璃窗关紧，其下边原有一寸来的缝通空气。而将玻璃窗上层的一扇徐徐向下推动，诱使鼠向窗缝钻，如此数次，果然鼠受诱了，探头向缝，急推窗将鼠卡住，呼人来用刀刺鼠头，血如注，鼠死了。这是身长五六寸的大鼠，不知从何处来的。纱窗下部已被啮去木皮一层，木屑甚多。

七时二十分起床，八时阅报。十一时全家人都赴北海仿膳午膳。一时半返家，午睡一小时。阅参资。四时赴协和探望萧部长（开颅），他于两周前动手术，（肠生肉刺，切去大肠数寸），今天看来，他精神很好。晚阅电视至八时半，又阅书至十时，服药三枚，于十一时许入睡。今日为星期。

六月十二日，晴，有阵风，卅五、六度。

今晨四时醒，膀急，便稀，即服药，后又睡，不甚酣，五时二十分又醒，即起身，做清洁工作半小时。煮牛奶。七时，处理琐事，杂志来，阅报。九时，阅三年谱稿并作札记。十一时阅参资。中午未能眠。二时阅书至四时，处理杂事。六时赴北京饭店，出席尼泊尔国庆招待会，七时半返家。阅书至十时，服药三枚，十一时许入睡。　今日燥风，极困人。

六月十二日，晴，多云，午后阴霾，北风稍劲，既而无滴雨。上午热风。卅六、二十度。

今晨四时醒，以未能酣睡，又时许又醒，即起身。做清洁工作半小时。煮牛奶。阅报，参资。阅三年选中赵树理作品三篇并作札记。中午小睡一小时许。下午处理杂事。六时赴荷兰大使之宴会，（荷大使宴请外交部长，陪客为我、楼、耿等）。九时始返。十时半服药三枚如例，十二时许入睡。

六月十三日，晴，先度、喜度。

凌晨三时，五时各醒一次，六时许又醒，即起身。做清洁工作半小时，煮牛奶。阅报。阅玛格沁夫作品并作笔记。中午小睡一小

时，阅参资，三时，中共中央政治研
究室梁若等六、七人来了解
现代史上的若干问题，五时离
館来访者中断。晚阅电视至九
时，（十时阅书至）服药三枚，至十一时
尚仍无睡意，又阅书，又加服梧子
丸七粒，十二时半入睡，
六月七日，晴，有风不大，廿二
度，十六度。
今晨二时即醒，小又睡，四时又
醒，此后未再酣睡，朦胧至六
时许又醒，下了起身。做清洁
事毕时，煮牛奶。阅报，参了资，
阅了花的草原上第一辑完，中午

小睡一小时。下午阅「三年选」中许
门小说三篇，并作札记。六时四十分
赴新侨饭店，欢迎朝鲜艺术剧
团之宴会（郑外交部长主人）。九时
返家。阅书至十时，服药三枚，於
十一时许入睡。
六月十五日，晴，气温廿七
度、廿度。
今晨三时醒一次，四时许又醒，五
时许为闹钟叫醒，即起身。做清
洁工作半小时，煮牛奶。阅报，
处理杂事。阅「三年选」中张勤
作品两篇，并作札记。阅参考资料。
中午小睡一小时。下午仍阅「三年

选中欧阳山作品，並作札记。晚七时出席朝鲜國立藝術劇院访華首次演出。十一时返家。服藥三枚如例，於十二时许入睡。

六月十六日，晴，有风，甚燥热。卅七度、二十度。

今晨二时、四时各醒一次，六时二十分為闹鍾唤醒，即起身，做清洁工作。七时，煑牛奶，上午九时赴車站欢迎朝鲜人民议會代表團。十时返，阅報、参資。中午少睡一小时。

下午三时，弟子奇、村翔来谈，四时来辞去。阅世金鉴两寸说集本去海完。盖作札记。晚七时赴欢迎朝鲜人民议会代表团之宴会，（在人大宴会厅）。十时返家。服药三枚而卧，又阅书至十二时入睡。

六月十七日，星期，晴，小风，甚热。卅三度、廿三度。

今晨二时、五时各醒一次，七时许又醒，甚倦，九时半起身。做清洁工作，未半时，黄斗明。上午阅报，参资。中午小睡一小时许。下午阅三年出版中「吹笛的降夕」、「鸭寨纪事」、「渔猎」、「桃园女儿嫁窝谷」等の篇，「鸭寨」稍平，馀三篇皆佳。晚八时赴招待朝鲜最高议会代表团之晚会。十一时返家，服药三粒如例，十二时许入睡。

六月十八日，阴，间晴，廿度，二十度。比昨日凉快。预告晚上有雨，七时左右阴云四合，俄而起风，九时后一轮明月，十二时后微凉，终夜竟无滴雨。

今晨仍然三时、五时各醒一次，六时二十分为闹钟唤醒，即起身，做清洁工作，七时。煮牛奶，阅报，参资，阅三年选中之以少数民族生活为题材的作品五篇，又老作家之作品。中午小睡一小时半。下午仍阅三年选中之老作家作品（艾芜、刘白羽、魏金枝、李季、郭小川等）。晚七时半赴作协出席布胡同学行之第二次联谊会。十时返家，阅书至十二时半，服药三枚如例，十二时半入睡。

六月十九日，多云，时飘雨数点。二十八度、十八度。

凌晨三时、四时各醒一次，五时二十分又醒，即起身。上午下午均阅三年选稿、备选目之作品。中午小睡一小时。晚阅书至九时，服药三枚如例，十一时许入睡。

六月二十日，多云，有风，预告有阵雨，然而没有。廿八度、十七度。

凌晨二时、四时各醒一次，六时起身。母做清洁工作半小时，煮牛奶。上午阅三年选。中午食物中毒，饭后十分钟即呕吐，后又呕吐一次。小睡半小时。胃中仍不舒适，继此亦腹泻，再呕吐一次（她吃的少）。三时许请医生来家诊视。知是误蒲瓜（俗名夜开花）未熟，有毒，故引起呕吐。服动物炭三粒，又引起呕吐。五时许，稍觉好痛。六时进粥半碗，不料五分钟后又吐又泻。而此时北京医院亦

速電詢問病情，並望住院

檢驗。（前些已將屍餘物送院檢驗，並從菜市購些蒲瓜二枚去，結果，驗得他們購去者不苦無毒，而以我們食餘喂小白鼠則死；他們曾到我家找尋瓜皮，則亦有苦味，將其初步斷定唯此二瓜有毒，然不知為放毒或其它原故。）例如稍好，不好，皆善過程中有問題者，醫院為安全計，故望我去院檢查並住院）。到院後，許院長親來診視，作了心電圖，驗了血等等。

又服动物炭。十时服药三枚后倒，十一时许入睡。

六月二十二日至二十三日，在北京医院。此二日中有雨，頓覺凉爽。二十二日，終日服流汁。晨抽血（静脉血），盖将作全身檢查也。（一年一度，我在最近一年尚未檢查。）至廿三日下午檢查完畢，出院。在院三日，閱「三年选」，初備选目十餘篇，散章、参、资。每日均于午睡一小时至一小时半。晚间服安眠药后倒。（以上为廿五日補記。）

七月廿四日，阴，上午有雨。廿五度、十七度。

今晨二时、四时、各醒一次，六时许又醒，又朦胧至七时许起身。费半小时。阅报。九时携小钢、小宁到北京饭店理发。十时许返家。清理積件，中午小睡一小时。晚下午阅参资，晚阅电视至九时，服药三枚如例。又阅书到十一时许入睡。

七月廿五日，上午阴，下午晴，有风，雨，十八度。预告傍晚有阵雨，结果吹了。

今晨四时醒来，后又睡，六时许又醒，至八时再睡，即起身，做清洁工作。十时，煮牛奶，阅报。九时赴北京医院检查眼睛。十时返家，阅参考资料及熊复草拟之将在莫斯科裁军十八国会上之发言稿，并提供一二意见。下午处理积件（内为信及稿件）十一件。中午小睡一小时。日来似感胃纳不佳，但医院未给药，可服用自备之表飞鸣，每晨大便畅通。晚阅书至九时，服药三校文到，又阅书至五时许入睡。

六月廿四日，晴，卅度，六十六度，预告有零星小阵雨，然并没有。

今晨四时许醒来，又睡，六时许又醒，即起身。做清洁工作半时。莫斗羽，處理雜事。阅報、参读。中午小睡一小时。(上午十时半，夏衍来谈一小时始去)。下午处理公事。阅书。五时赴四川飯店，應越南出席莫斯科裁軍大會之代表(团长为黎廷探，副为范輝聰)

四人过市将於何日起飞，我方招待便宴，七时半到北海西园仿膳，宴送柬埔寨代客二人（李海丁、林占德），九时半返家，服药三枚后无睡意，阅书至翌晨三时，又加服丸一枚，始入睡。

六月廿七日，晴，小风，卅度，十六度。

今晨六时醒来，甚倦，却无神再睡，且亦不可再睡，二十分起身，做清洁工作半小时，煮牛奶，上午阅報、参资、处理公、杂事。

时时打鼾，中午小睡一小时。三时廿分敲文井，请唐来谈至五时半去。晚阅电影一小时，又阅书至九时，服药三枚如例，又阅书刊，十时半入睡。

上月廿六日晴，小风，廿三度、二十度。今日户外风来，燥热不可耐。前数日湿度高，衣橱门上之缝已弥合，今已又渐渐开裂矣。此橱，我称之为湿度表。

今晨三时醒一次，五时许又醒，不能再睡，朦胧至六时二十分起身。做清洁工作半小时，羹牛奶。上午阅报，参資，处理信件。中午小睡一小时。下午三时起，為「關於麻史和麻史剧」之單行本写後記。五时止，写完關於「三江」之一则，得千餘字。晚阅電视一小时。又閱书至十时服藥三枚如例，仍阅书，至十一时半入睡。

六月廿九日，晴，如昨。润燠。

今晨二时许醒一次，五时又醒，却不能再睡，五时五十分起身，做清洁工作半小时，羹牛奶，上午阅数，写函记一则，计二、三百字。又一则，写相寄。九时四十分赴北京医院检查牙齿，此乃预约也。十一时返家，阅参资。中午睡一小时。下午三时半赴作协（中南海、周总理会各代表团谈话，~~出席鲁迅纪念会仪~~），六时返家。五时四十五分赴人大宴会厅，朝最高议会访华代表团设宴告别。十时许返家。服药三枚后，倒于十二时许入睡。

六月卅日，晴，有风。

今晨二、四时各醒一次，五时又

醒，即起身。做清洁工作半小时，黄牛奶。上午阅報，参资，写日记。中午小睡一小时。四时赴邵荃麟之约，赴四川饭店，同座有吴组缃等五、六人，皆研究古典小说者，（三国、红楼、水浒）。八时半返家。九时半服药三枚如例，阅书至十时许入睡。

一九六三年七月一日，晴，热风不耐。卅七度、廿三度。

今晨五时许醒来，看报再睡。七时起身，做清洁工作半小时。費半小时。上午八时至十一时读写日记完工。今日为星期一，中午阅报参资，午睡一小时。下午处理杂事。五时赴和大开会，西武常出代表团，我为团长。昔南人，明日将有大人先赴莫斯科。争取普遍裁军与和平世界大会将於七月九日举行。苏联党建议安吉台开出席后会之之为党代表会见，为时百，我方为王力、康、孙和，巨章亮之人，明日彼等将飞莫京，尚有李仲华、杜朔每移明日走。六时赴加纳口庆招待所，七时半返家，阅书至十时，服药三枚，照例，於十一时半入睡。

七月二日，晴，预告有阵雨，然迄未有，闷热，卅三度、卅五度。

昨晨五时醒来，不能再睡，朦胧至六时二十分起身，做体操作半小时。吃早饭。上午阅报、处理积件来信，阅参资，中午小睡一小时。下午答请若北京师院一把一教员说子夜，中有闲不便市场的四个问题。（此信明日发）。阅杉原史和麻史剧的印记已於今日发出。晚阅书至十时，服药三枚如例，十一时许入睡。

七月三日，晴，闷热，下午有风但十分燥热，卅六度，卅七度。

今晨二、三时左右醒一次，五时后不能再酣睡，只躺躺偃卧室。六时二十分起身。做清洁工作至七时，费半小时，八时赴北京医院取药，九时到出国人员购买用品处买了些零星物事。十时返家，阅报，参资，中午小睡一小时。下午三时整理出国用耕物，五時，乘藍船，華盛申來談，（華新自南寧到京，出席全國文化局長會議，華女為部辦公廳主任，來年前外調）。六時許去。六時半赴四川飯店宴匡老拙出席莫斯科裁軍會議之代表團。（三人，副團長為頓上校，乃貢勒之副手，正團長已赴莫斯科，一因病療養）。八時返家，閱電視至九時半，服藥三枚而倒，此時風很大，但仍悶熱，不久即入睡。

七月四日 晴，卅六、七度。

昨夜輾轉不能入睡，十一時始手電表燈之，已將晨〇時卅分，始下小雨，后渐转大，电、雷交作，北向只闻风雨声，状似倾盆大雨也。后又渐小，至晨一时止。此后寝安入睡。三时许醒一次，六时许又醒，即起身。阅微草。做体操作事半时，费手册。处理杂事，返回中共机要室、联络部有关出席莫斯科裁军会议之文件三份。覆玛拉沁夫信一件。阅报、参资，处理杂事。中午小睡一小时。下午整理书刊事物，阅书。六时左右有雷雨，地面未全湿。晚阅电视半小时，后又阅书至十时服药三枚，于十一时许入睡。

七月廿三日、晴、卅四度、廿七度。风燥。（今日赴安開会、九日返、）

今晨五时醒来即不能再酣眠，朦朧至六时起身做清洁工作半小时。煮牛奶。上午九时赴东总布胡同22号接见苏联真理報记者。十时许返家，阅報、参资。中午小睡一小时。下午就饒孟侃小词（诗刊退稿）、艾先、之问小報东风（安远）事致函邵荃麟！处理杂事。五时半理髮、晚阅電视一小时、又阅书至十时服藥三枚多剂、十一时许入睡。

七月二十日，晴，卅五度，廿三度。

今晨四时许醒来，不能再睡，曾服眠劑一丸，仍未能睡，俟曙朧片刻而已。六时许起身，刮畢，上午閲報，參資，又睡了一小时许。十二时半午餐，中午睡了一小时许。頭暈稍可。回三时，卽至荃麟，嚴文井来談有關亞非作家會議事、設局工作及其他問題，五时半辭去。七时出席中波友協與市總工會聯合舉行之慶祝波蘭國慶十八週年之晚會，欽與波大使都赴會上讲了话，后放映波兰纪录片（短片三部）及我纪录片黄山，海南报片，九时许返家，服药三枚如例，于十一时许入睡。

七月二十二日，晴，有雨，如昨。今晨四时许醒来，又不能再睡。七时许起身。孙与宁昨夜来家。九时，齐燕铭来，俟来小时许，阅报，参资。中午小睡一小时，下午三时半接见新来苏联大使。六时赴波大使馆之国庆招待会，七时半返家。阅参资，服药三枚如例，于十一时许入睡。

七月廿六日，阴，卅三度，廿五度，

今晨三时醒一次，五时半又醒，即起身。做清洁工作半小时，煮牛奶。今日是星期，上午阅报，参资，并处理积压之来信来稿。中午小睡一小时。下午阅书。晚阅书至十时，服药三枚，于十一时半入睡。

七月廿七日，多云，阴，卅一度，廿二度。

今晨五时许醒来，不久再睡，六时许起身，做清洁工作半小时，煮牛奶，早阅報，参資，中午小睡一小时，下午整理帶往大連的衣物（初步整理），处理雜事，晚阅六时出席聯國庆招待會，七时四十分返家，阅书，十时服藥三枚如例，於七时许入睡，

七月廿日，雨，廿七度，卅度，

今晨四时许為雨声驚覺，起來小便後又朦朧入睡，六时半又醒，即起身，做清潔工作，七时，煮牛奶，上午阅報，参資，处理雜事，雜信，中午小睡一小时，下午整理雜事，物，晚阅電

视至十一时（话剧武则天），服药三枚，至（又阅书）翌晨一时入睡。

七月廿二日，雨，廿七度、廿八度。今晨三时醒来，少顷即又睡，五时四十分闹钟呼醒，即起身，做清洁工作，约半时，煮牛奶，上午阅报，参资，整理物件，处理杂事，写信。中午小睡一时。下午处理杂事。晚阅电视至十时许，服药三枚，又阅书至十二时许入睡。

七月廿三日，时晴，多云，闷热，廿七、卅二度。

今晨三时醒一次，五时半又醒，即起身。上午赴北京医院取药，代了一本。阅报，参资，中午小睡一小时。下午就莫斯科大会谈过，写个人观感。晚六时赴古巴革命节招待会，八时许返家。阅电视到九时半，又服药三枚安眠，又阅书到十二时入睡。

七月廿七日，阴，有小雨，少眠。

今晨四时半醒来，小便后又朦胧到七时许起身。八时一九时半整理行装。十时阅报，参资，写「观感」。中午小睡一小时，下午写「观感」完。晚六时半与胡愈之共往东，

宴送王友唐君(君毓付长住)、陈桂
中(韩部司令长)、史育才(对外联
络司令长),三人者中央抽调,下放
中南、西南、华北,加强部级者也。
九时许返家。十时半服药三枚
安眠,於十一时许入睡。
七月卅日,晴,卅四度、卅三度。
今晨四时许醒后又朦胧至七
时起身。做清洁后事半小时,莫
并阅报,八时半理发。十时处理杂
事,中午小睡一小时。下午三时半
接见新任保加利亚大使,四时
许辞去。处理两日内积压之信件。
晚阅电视至十时,服药三枚安

例於十一时半入睡。

今日甚為悶熱。

七月廿五日，悶熱如昨，有風，然而是熱風。星期一。

今晨三时醒後又睡，六时起身，做清潔工作，整牛奶。上午閱報、處理各項雜事。（清潔作文整理留存的雜物），中午小睡一小时。下午繼續（整理整行），揩箱取和取雜物，收藏留存的零星雜物等等）。六时赴人大，出席歡宴智利、委內瑞拉來賓（皆為出席莫斯科世界和平大會者）之宴會，八时半返家，閱參睡到十时半服药三枚如例，十一时许入睡。

十一月卅日，晴，赴大连途中。午后有雨。

今晨五时许醒来，即起身，莫斗州，早餐后即换衣，六时五十分赴车站，程悦飞送行。机关事务管理局亦有人来车站送行。七时卅分开车。九时卅五到天津西站，有天津市人委交际处及天津作协方纪等在站迎候，即至天津招待所休息、并进午餐。天津陈多、雪闵坚。十一时赴码头，上民主十五号船，船长等在船下（码头上）迎候，并将船上大副等住房让给我们住。一共三间，感情至可感谢。三时卅分开校，下午六时许出海。此时细雨迷蒙，在船上晚餐后于九时许服药三枚如例，半小时后入睡。

七月卅日 晴，卅度，至大连。

今晨一时、四时各醒一次，四时醒后亦能睡。六时早餐，知船抵大连须至下午一时。餐后倦甚，竟又小睡一小时。三时半餐，休息，瞭眺半小时。一时抵大连，则见郎春麟、马加以及大连市委秘书长杜、办公厅主任寿在码头欢迎。即导均寓大连宾馆。馆即在枫林街招待所，即去年所寓者也。去年此时客满，今年则仅我们一家与施存统一家而已。收拾余分，洗浴，六时晚餐，七时卅分赴文化宫，旅大市庆祝六一节于此举行，讲话者三人，一为市长，一为驻旅大部队代表，一为苏联专家代表。会后演京剧满江红，未完场我们即归，因小宁欲睡而我亦觉困倦也。时已十时，服药三枚后倒于十一时许入睡。

一九六三年八月一日，上午小雨，（有时较大），九时后放晴，下午晴，廿八、九度。

今晨二时、四时各醒一次，四时醒后至六时再熟睡。七时起身，此时雨声琤琮。九时许，邵荃麟、侯金镜、馬加等七、八人来访，谈創作會議擱置的閒传等等，十二时半辞去。十二时午餐。小睡一小时。下午閱報、閱林则徐日记（中山大学歷史系中國近代现代教研组、研究室刊油林则徐集之一部分）。六时晚餐，續閱林则徐日记，晚十时服藥二枚如例，於十一时许入睡。

八月二日，陰，雨，后轉暴雨，

五级至六级风，入夜更大（八级）。二十六、七度。下午五时消息，台风方向变为偏东，故本市区可免。凌晨一时许醒来，少便后又睡，二时许她忽起来，我惊觉；她说见卧室外间（即为客室）天花板上有水下滴，地毯已湿一半。而水滴滴搭有加无已。疑为屋漏，但此时及以前并无雨，乃断为水箱出了毛病，于是唤起女服务员，她又去找人，约半小时，人来，关闭水管总门。三时许，我加服安眠药（速效性的）一枚，再即入睡。於[redacted]六时许醒来。即起身，揭换屋（因此区空屋甚多），於早餐后由管理员陪同看了雨止，我倒觉得好，但因此得为没有晒台，不能晒衣，老太不便，又向主人知此箱即可修好，乃决定不搬。九时到大连宾馆出席创作会议，十二时返寓。午后略小睡一小时，三时许，闻杨、安波来访，四时许辞去。五时赴市委等为庆祝建军节举行之宴会，地点在此间住，席设大连宾馆，约有七、八桌。晤见王若望等。文艺界中有顾颉刚、洪深、文华等。在此间会议作家们亦全体参加。七时半宴毕，看电影，此为苏联旧片「第耳聪伯以，作好」，乃五一年长春厂译制。九时许写毕，即返寓。柔、建、小刚、小宁於六时来，柔、小建跳舞去了，小刚、小宁来看电影，看完同归。阅昔荆徐日记至十时服药三枚，於十时许入睡。

十月三日，晴，四、五级风，风较小，廿七、八度，廿二度。

今晨五时半醒来，计已连睡六小时左右，此为近来所未有者也。六时起身。此时日射东窗，有风不大，想来台风既已改道，今日市区乃至整个旅大区可免“中雨”了。昨日下午六时预告谓有中雨，甚可谓有大雨至暴雨。七时早餐，九时到大连宾馆开会，让与孩子们参观自然博物馆。十二时返寓，进午飧，少睡一小时。下午三时再到大连宾馆开会，五时半返家。今日为长期在农村生活的作家讲一讲他们对近年农村生活、农民思想的变化，发言者为赵树理（上午）、康濯、李准、西戎（下午），李准发言最短。晚记札记，十时服药二枚后倒，阅林则徐日记至十一时又服M剂一枚，于一刻钟后入睡。

七月四日，晴，卅度左右。

今晨三时醒后又睡至六时再醒，六时半起身。七时半早餐，八时赴码头，盖文联所佈置於今日乘渔轮出海观拖网捕鱼也。作协来开会的人们也未邀参加，与会同在一船者有东北局于书记、周扬、邵荃麟、安波、赵树理、周立波等。下午三时返寓。今日共捕鱼一千斤，据云可够本也。晚七时半文化友谊馆看电影，十时返家。服药三枚安眠，于十一时半入睡。

八月五日，阴，雨，有时甚大，上午闷热，下午雨止转凉，卅度左右。

今晨三时醒后又睡，六时许起身。八时半赴大连宾馆访晤泰国作家吉巴立，他和其夫人、子女来此三月，曾晤邵荃麟，询及我，往将来照，故我今日先拜访也。九时半开会。立波发言后，赵、李等各发表议论，十二时休会，返寓，饭后午睡。上午十时许大雨，此后时停时作，午后时停，阴天佳，饭毕后数分钟雨势猛烈，然而门外积水盈寸，返寓衣履尽湿透。下午痔疾复作，偃卧阅书而已。晚补记昨今两日之日记。又阅林则徐日记，至十时服药三枚如例，於十一时许入睡。

八月九日，上午大雨，雷，下午雨止，五时露阳光，午后潮湿闷热，廿八度左右。
夜間三時、五時各醒一次，五時四十分再睡，八時起身。昨夜大雨如注，擬候雨勢稍斂再起去進餐飯，到九時仍不小，只好動身。上午發言者有李東為、韓華二人，十時休息後，因無人發言，我講了十來分鐘，侯金鏡讀一讀以後，會議又將集中討論劇作中的幾個問題，命奎麟亦就同樣意義講了幾分鐘，十二時散會。中午小睡一小時許，下午閱短篇小說賴大嫂、老堅決外傳、撒尼大爹。晚閱卅則條日記至十時，服藥三枚如例，又阅日记至十二时仍无睡意，乃再服Ⅱ剂一枚，半小时后入睡。

八月十六日，阴，有小雨，廿七、八度，闷热。

今晨五时醒来，小便后又睡，七时起身。九时赴大连宾馆开会，发言者马加、李来秀、方冰、陈笑雨、赵树理，后来即吞餐就餐。后会议如何进行，提了意见。十二时散会，中午小睡一小时。下午写札记，晚赴文化俱乐部看歌舞。九时半返寓，十时服药三枚如例，阅书至十二时半入睡。

八月十七日，上午阴，下午晴，廿七、八度。

今晨五時醒來，不能再睡，六時起身，寫札記一小時。八時赴士達賓館開會，十二時返。今日發言者有康濯、胡采、李準、束為。中午小睡一小時許。下午洗浴，作札記，閱參資。晚閱參資及林則徐日記。十時服藥三枚如例，十二時未入睡。今日去李得病故，下午電唁村村華、樹予。收朱秘書信，即覆。

八月九日，晴，廿九度左右。

今晨五時許醒來，未能再睡。既而聆聽紀，仍未睡足，想因連日開會疲勞之故。今日上午休會，十二時半午餐，餐後午睡一小時許。下午三時赴大連賓館開會，今日下午有周揚講話。六時許散會。七時許，瀋陽分會宴請開會諸作家，旅大市委書記郭，以及何書記、許市長等均出席。宴後有跳舞會，又有電影，我和曲波、少剛、田宇看了電影，歸寓時已十一時，服藥三枚，於十二時後入睡。

八月十日 晴，卅度左右。

今晨四時醒一次，又睡，六時許又醒，七時再睡，九時起身。今日休會，作家們萬攻海濱，到夏家河子。我們於八時半早餐，九時許出發，十時許到，十二時半在海軍招待所午餐，（自帶去），休息一小时，三时去下海。四时半返寓，路上也走了四十多分，我去时彷彿在海边时，跌滑了一交，手上撞起一个疱，扭了坐骨，但不厉害，由部隊医生看诊，給了点樟腦搽油。晚間於十时服安眠药二粒後倒，十二时後入睡。

八月十二日，晴，闷热。卅度左右，有北风不大。

晨三时醒後，又睡至五时起身。甚感疲倦。上午未到大連賓館開會。在寓準備明日在擴大的會上講話的大綱。中午小睡一小时许。下午閱報，参资，晚阅廿册徐日记完。於十时服药三枚，但已十二时未耐酣睡，至晚特别闷热，直於十二时许始酣睡。

八月十二日，晴，廿度左右，有东南风，较昨为凉快。

今晨五时许醒来，又朦胧半小时许，至七时又醒，即起身。九时至大连宾馆开会，听讲了两小时多些的时间。十二时返寓，中午小睡一小时。下午阅报，整理前些所记三年小说选的笔记，拟於明日交洽印，候。晚阅书至十时服药三枚於十一時許入睡。

八月十三日，早晨大雨（雷）約一小時即止。中間有陽光。卅度左右。

今晨五時醒來，又醒睡，七時許醒，即起身。九時赴大達賓館開會。十一時回。中午小睡一小時。下午處理雜事。今日上午，尋、吉文及兩小孩赴旅順參觀，七時方歸。晚閱報。十時，服藥三枚於十一時許入睡。

八月十四日，晴，廿八度左右，早晚頗凉。

今晨五時醒來，又睡，七時半又醒，即起身。九時赴大達賓館開會，十二時半返寓。預爲部參議草言。中午小睡一小時。下午閱報，參讀等。晚赴樺鍾島俱樂部看電影，十時許返寓，服藥三枚如例，十一時許入睡。

八月十五日，晴，如昨。

今晨四時醒來，又睡，七時許起身。今日休會，作家們到旅順去了。上午整理行裝，中午小睡一小時許。下午續理行裝。大致都已理好。閱報。二時許，杜秘書長來談，半小時辭去。七時半，郭書記來，同來十時辭去。郭夫人及子女均來。

閱奏資至十時服藥三枚如例，於十一時試睡，然而不得入睡，大約在十二時左右方始入睡。

八月十六日，陰，較昨為涼。午后放晴。

今晨三時，四時各醒一次，六時醒後朦朧至七時又醒，即起身。九時赴大連賓館開會，十一時許返寓。中午小睡一小時。晚最后收拾行李。明日上午九時將乘船赴津。今日午后書電與朱長鋼。

八月十七日，從大連赴天津途中。晴，廿九度左右。

今晨三時，五時各醒一次，六時

起身，六時半，七時許，市人委出發。主任、交際處長、文化局長都來送行。到碼頭後則葛琴、馬加、侯金鏡等十餘人已在彼矣。唐瑯、李滿天同船赴津（民生十一號）（客輪）。九時開航，實際開航時間為九時半。我住船上最高一層之預備室，餘住客艙兩個包房，每房四人，有內設寫字檯、椅子，甚為寬敞。是日風平浪靜，甚為愉快。晚十時服藥三枚安眠，十一時許入睡。三時又醒，加服一枚，五時又醒。

八月十八日。阴雨。九点左右，今日上午十二时，船抵天津码头，计自神户码头，共走五十六时，且在海上行，不得不慢。至浮桥附近停车，十时等候开桥也。因此市委宣传部之千里及多位局长、副局长、交际处长等多人在码头欢迎，旋至市委交际处，二时进午饭，三时乘车返京，此时细雨濛濛，五时半到家。晚十时服药三粒安倒，十一时许入睡。

八月十九日，晴，卅度左右，晚甚凉。今日为星期。

今晨三时，五时各醒一次，七时起身。上午整理什物，阅报，中午小睡一小时，下午出外理发，有益铭来谈一小时。晚阅参资至十时服药三枚，十一时许入睡。

八月二十日，阴，卅度左右。

今晨三时、五时各醒一次，七时起身，做清洁一小时，上午阅报，处理积压之信件，中午小睡一小时，下午阅参资，处理信件。晚阅参、资至九时，服药三枚多倒，於十時許入睡。

八月二十五日，陰，卅度左右。

昨入睡后約三小時即醒，不到再睡，乃開灯再閱书，约一小時始得成眠。但兩小時后又睡，又不到睡，乃服川劑一枚，又閱书一小時，始再入睡，七時醒來，頭猶暈眩，上午暈眩不止。閱報，參考。中午小睡一小時許，暈眩稍可。下午寫信與嚴文井，催其一月前所談之事。時趙人大上海西藏、齊蓋銘、靖陳慮、周揚、夏衍及我在彼便飧，八时半又至天桥剧场看〔参加〕去青帮之歌舞团回国汇报演出，十时半返抵家，服药三枚如例，又阅书至十二时许入睡。

一月二十三日，晴，廿度，闷热。

今晨二时、四时、五时各醒一次，七时许起身，做清洁工作，费半小时。上午阅报，参览。又处理文件。中午小睡一小时。下午三时半廠文开事读至五时许辞去。晚阅电视至九时，又阅书至十一时，服药三枚如例，於十二时许入睡。

八月二十三日，晴，卅五度，傍晚有南风，尚凉快。

早晨四时醒后即未能熟睡，五时起身，做清洁工作等六时，煮牛奶。上午阅报，参资。十时转北屏书读书小时。阅书至十二时。中午小睡一小时。下午处理文件。阅书。晚六时看电影女英烈传（英国片）。李先龙传此片为反动影片，但看后觉得除艺术高则有之，反动则未然。影片内容为二次大战时伦敦训练间谍工作人员及数次派人到法國佔領區進行破壞工作，主角為美國女子而為法人（士兵）結婚，成為媳婦，美國訓練機構找她去，問她願為此冒險工作否？她經過二个星期的考慮，終允之。經過刻苦的訓練，她曾接受任務二次，第二次本不派她，但她自願去，（這是因為她和第一次同去的男軍官有了感情，男被派，她不放心，故而自願前去，並主持者告訴她此次比上次更為艱險，她無所顧。結果，被敵人追捕，她英勇阻擋，掩護男的脫險，

（后来在她被押解到另一地方时与男的相遇，始知他也被捕了。）而她被捕，不屈，被枪决。她有一女，对法胜利后，英王颁令有功死难者以十字勋章，仍由其女代母领受。全剧至此完。我以为此剧值得我国剧作者参考学习，因其全剧没有一句口号，而政治性极强，倾向性极为鲜明。全剧亦无演说，主要者交代任务，把要教语，没有那一套"有信心""没有""有"、"保证完成任务"等等俗不可耐的公式话。而且全剧亦没有故作险笔以吸引观众。总之，这不是用口号等等来取得观众的鼓掌，而是通过女主角的坚强性格（但她们都是个女性）而深深感动观众的。全片政治话只有一句，即在片尾英王接勋时说的话：“你的妈妈是个英勇的女人，我们英国以有你妈妈而自豪。”这个镜头妙在全面虽亦天真而又严肃，主要是幼女，而英王却只映出他的一臂。

我们听到国际友人说，不怕我们的作品左，只怕我们的作品简单而公式。这句可作我们文艺工作者的座右铭。

九时顷返家，服药三枚如例，又阅书至十一时半入睡。

八月二十四日，晴，如昨。

今晨三时，五时各醒一次，六时后不能再睡，即起身，做清洁工作一小时，买牛奶，上午阅报、参资，中午小睡一小时。下午阅书。晚阅电视至九时，又阅书至十一时，服药三枚如例，十一时半入睡。

八月二十五日，阴，如昨，有南风，傍晚稍凉。

今晨三时，五时各醒一次，六时又醒，即起身。做清洁工作半小时，煑牛奶。上午九时，物资局匯報清倉情况。十一时完。中午少睡一小时。下午阅報，参考消息、讀书。晚七时看電影，（军部内小放映室）。十时返家。又阅书至十二时许服藥二枚入睡。

八月二十五日，陰，廿七度左右。

今晨三时许醒来，闻潇々雨声。五时半又醒，即起身。做清洁工作半小时，煑牛奶。上午阅報，阅书至十一时。阅参考消息。中午少睡一小时。下午阅参考消息，写讀书筆記。晚阅书至十时

服藥二枚，十一时許入睡。朔。（今日雨水）

二月二十七日，陰，廿九度，六十五度，南风，北风。

今晨二时、五时各醒一次，七时起身，做清洁工作，十时畢早飯。上午阅報，參覧，阅书，中午小睡一小时。下午阅书，晚七时至十一时阅书。十一时服藥二枚，未半时即入睡。

二月二十八日，晴，如昨。

今晨二时醒一次，五时再醒，七时起身，因出汗，昨晚感冒發燒，服羚翹解毒丸四粒。

但今日是校中，不得不留錢氏之美。做清潔工作如例。上午閱書，散步，參觀，中午小睡一小時。下午三時赴人大列席第十一次常委會，聽外交部黄鎮副部長作了關於阿爾及利亞的報告。五時返家。晚閱電視一小時，又閱書至十時，服藥二枚，如例，於十一時後入睡。

八月二十九日，晴，多雲，三十三度，十九度，南風。

今晨三時醒後，又睡至五時許，

七时起身，做清洁工作，七时半煮
牛奶，八时洗澡。九时赴外面开
會，听莫斯科裁军大会时
我代表團的总经验也。區棠亮
和吴学谦作了发言。十二时返家。
中午小睡一小时，下午处理杂事，
阅報，参資，作了讀「塔」的札记。
（韩雪野的长篇小说，写于一九四
〇年）。晚阅電视一小时，又阅书至
十一时，服药二枚，十二时许入睡。
八月三十日，晴，卅度左右。
今晨三时醒一次，五时半又
醒，即起身，做清洁工作
七时，煮牛奶。九时赴外面

開會，續昨日之會也。我在會上作了一次的發言。次潘梓年發言，他提到去年前一日，在國參政會議席上集代表團談話時，用說理勞使人些仍如何的話，馮寬符擇言，他當時作了聲明，即續出緩報言，與未所說不同，在會的別人又有別說，都不盡同，弟說馮所記不對。馮們確有言，參仲華（因與馮聯坐）時之，馮則不作聲。我不記得弟所引之語，代表團某他人也见表示。今日到会者除代表团各人外，尚有妇聯、青、对文委两副主任（张致祥、曹瑛）、外办孔原、外交部黄镇副部长等。十二时返家。中午睡一小时。下午延理髮，阅報、参、资。晚在部内小放映室看一小时美国老片，有華文字幕，想来是从香港弄来的拷贝。阅文阅古至十二时，服藥二枚如例，十二时半入睡。

八月廿日，晴，如昨。

今晨三時醒一次，六時又醒，不想再睡，即起身。今日例有昭日之會，因積壓事務太多，不想再去開會了，打電話去說。做清潔工作事小時，費半小時。處理積壓信件等、閱報、參資。中午小睡一小時。下午讀書、作筆記，續「大同江」完。晚閱電視至十時，服藥二枚，於十一時半入睡。

一九六二年九月一日，晴，卅度左右。

今晨三时、五时各醒一次，五时后未再睡，六时起身。做清洁工作半小时，看书小时。九时出席本部会议，听取北京图书馆汇报。十二时毕，中午小睡一小时。下午阅报、参资。四时半赴古巴大使馆酒会，六时赴越南使馆酒会，七时许返家，羅如十字刚到。晚阅电视至九时，又阅书至十时服药二枚，十一时半入睡。

九月二日，晴，晚晴，今日为星期。

今晨三时，五时又醒一次，五时醒后不容再睡，即起身。做清洁工作，七时。煮牛奶。上午阅报，修改在外面发言时的记录。阅参考。中午小睡一小时。下午处理杂事，覆信数封。晚阅电视一小时，又阅书至十时服药二枚，十一时半入睡。

九月三日，多云，有小阵雨，然而泥土未尽沾湿。丹度左右。

今晨三时醒一次，六时又醒，不能再睡，即起身。做清洁工作半小时，煮牛奶。八时阅报，九时赴外办继续开会，今日出席者为金仲華、王力、吴全衡、冯宾符。十二时散会。中午小睡一小时。下午处理杂事，阅参资。晚阅书至十时，服药二枚，照例，十一时半入睡。

九月四日，晴，如昨。

今晨三时醒一次，五时又醒，不能再睡，即起身。做清洁工作半小时，煮牛奶。上午阅报，閱书，处理文件雜事。閱参資。十午小睡一小时。下午作札记，閱於郭雪野的小说「群英」。又处理雜公事。晚閱電視一小时，又閱书至十时，服藥二枚，於十二时许入睡。

九月五日，晴、昨。

今晨三时醒一次，六时又醒，即起身。做清洁作事小时，費半个钟。上午閱報，閱书，参資。中午小睡一小时。下午处理雜公事。為「鼓吹續集」写后记。閱书。晚閱书至十一时，服藥二枚，又阅书至十二时，半小时后入睡。

九月六日，晴，同昨。

今晨三时醒一次，五时又醒，即起身。做清洁工作半小时，奠半刻。上午阅报，参资。处理杂公事。中午十一时睡一小时。下午写故卿卿（朝鲜李箕永）札记。晚阅电视一小时，又阅书至十一时服药二枚，十二时许入睡。

九月七日，晴，同昨。

今晨三时醒一次，五时又醒，即起身。做清洁工作半小时，奠半刻。上午阅报，参资，处理杂公事。中午小睡一小时，下午仍处理杂公事，晚阅电视一小时，又阅书至十时服药二枚，于十一时许入睡。

九月八日，晴，卅度左右。

昨晨三时醒一次，五时又醒，即起身，做清洁工作半小时，莫斗明，上午九时主席部务会议，十二时毕。中午小睡一小时，下午阅报，参资。处理公事，五时赴保加利亚国庆招待会，七时半返家。阅电视至十时半，又阅书至十一时半，服药二枚后倒，於十二時許入睡。

九月九日，晴，卅度左右。

今晨二時，四時各醒一次，六時又醒，即起身，做清潔工作半小時，煮牛奶，上午閱報、参資。中午小睡一小時，下午閱书。七時出席朝鮮臨時代办举行之電影招待會。九時許返家，閱书至十時半服藥二枚，十一時半入睡。

九月十日，晴，卅度左右。

今晨三時，五時各醒一次，六時後不能再睡，即起身。做清潔工作半小时。黄牛奶。上午阅报、参资。阅书。中午小睡一小时，下午续阅书。处理杂事。晚阅书至十时，服药二枚，十二时半入睡。

九月十二日，晴，与昨。

今晨三时、五时各醒一次，五时起身，做清洁工作半小时。黄牛奶。上午阅报、参资。写工地札记。中午小睡一小时。下午三时半接见新任[redacted]蒙古大使。处理杂事。晚阅电视一小时，又阅书至十时半服药二枚，十一时半入睡。

九月十二日。睡间多梦，夜月色皎洁。廿度左右、十四度。

今晨三时及四时各醒一次，五时起身，做清洁工作半小时，费半小时。上午阅报、参资。处理杂事。回答上海作协魏绍昌来信所提的一大堆问题，为魏受作协之命搜辑第一手生平及著作资料已有多年，此一大堆问题关于我生平者为多。此非第一次回答魏之问题，以前有过二次。中午小睡一小时，下午阅书，处理杂事。晚赴人大三樓十九室看青藝對排話劇最后一幕。此為反映北平解放前地下党领导一个掩护在蒋介石國防部名义下的進步劇團的斗争，演出頗有驚險之趣味道。惟蘇力（作為唯藝術論者出國現之員）之思想矛盾（既是唯藝術論者所以他反对演出蒋國防部御定之所謂戡亂劇，但是又得着解放區的宣劇也不過是宣傳故不肯和劇團合作人員合作撤退到解放區）有人為了嫌，而最后之覺悟，他們竟回到解放区，从今而后我知艺術即是宣傳），無例是而外。此話剧作者故意使其如是耶？抑然而作为党員的应放（剧团团副兼導演）对艺術与政治宣傳之關係，仍未有庸俗社会学見解，則可悲也。十时半演畢，返家已十一时，服藥之极如例于十二时半入睡。又阅多种，

九月十三日，阴。为昨，是日为中秋。

今晨二时，四时又醒一次，五时又醒，甚倦，勉而不得不起身矣。做清晨工作，来此时，

黄牛奶。上午阅报、参资、处理杂事。（退回外办秘书组主席莫斯科裁军与和平世界大会代表团总结会议记录一至若干册）。中午小睡一小时。下午三时半接见马里大使，四时半返家。阅书至六时。晚间与小钢弹琴一小时。九时半阅书至十一时服药二粒，又阅书至十二时入睡。

九月十四日，晴，如昨。

今晨二时、四时各醒一次，六时又醒了，起身，做清洁工作半小时，黄牛奶。今晨七时，小钢到北大医院，请已退休之老专家毕大夫诊视她的斜眼，也是钢琴老师陶老师所介绍。上午阅报、参资、阅书、中午小睡一小时。下午阅书、处理杂、家事。晚到文联礼堂看安阳市豫剧团演出〈对花枪〉。主演者为崔兰田。十时半返家。服药二枚安眠，阅书至十二时入睡。

九月十五日，阴，卅度左右。

今晨三时、五时各醒一次，五时以后即再睡，七时起身。做清洁工作半小时，煮牛奶。上午阅报、参资。读书、中午小睡一小时。

下午三时部务会议，五时完。晚阅书至十时，服药二枚，又阅书至十二时许入睡。

九月十六日，先雨后晴，廿七度左右。今日为星期。

今晨三、四、七时各醒一次，七时起身，做清洁工作，半时，饮牛奶。上午阅报、参资、传记、中午来剃，小睡，阅书至三时。孙钦安偕西来。四时许去。又阅书至五时。晚阅书至十时，服药二枚，阅书至十一时半入睡。

小宁昨日来，自今日起，他将住在我处，进五条胡同的幼儿园。

九月十七日，晴，炎热。

今晨三时、五时各醒一次，六时起身，做清洁工作半小时，饮牛奶。上午阅报、参资，作书与李尚天，请为代向天津市立眼科医院接洽为钢就诊事。同时函告程借飞，由其三儿持函天津市文化局协商，盖恐李不在津，则将耽误事情也。作读"卅年书札"之札记。中午午睡一小时。下午续作札记，处理杂事。晚读书至十时，又服药二枚，又阅书至十二时半入睡。

九月十八日，晴，廿六度、卅五度。

今晨三时、五时各醒一次，六时即起身。做清洁工作，费半小时。⊕上午阅报、参资，处理办公事。中午小睡一小时。下午阅书。处理办事。晚阅书至十时，服药二枚，十一时许入睡。

九月十九日，阴，有雷雨，后晴，廿六度、卅五度。

今晨二时醒一次，四时许再醒，不复能睡，辗转至六时即起身。做清洁工作，费半小时。九时赴北京医院治牙，十时返。阅报、参资、处理公文、中午亦睡一小时。下午阅书。晚阅电视半小时，又阅书至十时，服药二枚，又阅书至十二时许始入睡。

今日上午八时大便后，肛门脱出，（此因向有痔疮之故，[redacted]）先有血，后为粘液，沾污裤子，直至午后方稍稍回复，然而肛门仍隐隐作痛。脱肛近常有之，然此次则尤剧，可谓破记录也。

九月二十日，晴，如昨。

今晨四时许醒后，久久始再入睡，然不酣，约一时许即醒，时已五时，即起身。做清洁六作半時散步。今日上午九時作協之研理劇作研究家著，開會匯報去年一至九月的長篇、短篇小說、詩歌的創作情況。我本欲出席，但因便後（脫肛）又了，不移坐，只好不去。上午閱報、參資、讀書。中午小睡一小時，下午讀書。晚七時半在部中小放映室看《甲午風雲》（此為修改後之新片），九時末返家。服藥二枚，又閱書至十二時入睡。

九月二十一日，晴，多雲，如昨。

今晨五时许醒来，不久再酣睡，六时许起身。做清洁工作，七时，煮牛奶。阅报、参资，作札记（读了「蓝家宾一家人」以后）、中午小睡一小时。下午处理杂公事。三时，即去陪韦强二小时去。昨、今两日均便血，腹中时时鸣动。精神不好。欧阳予倩于今日午后二时十分逝世，住在阜外医院已一年，今日逝世为心肌梗塞，仅数分钟），五时许去阜外，则已停尸在太平间矣。晚阅电视一小时，又阅

廿五十时，服药二枚，十二时许
入睡。
九月廿六日，阴雨，廿七度、
十四度。
今晨四时许醒后，不能再
睡，六时许起身，做清洁工
作，未少时，葵华到，上午既
洛、阅散、秀澄、又阅情境
丽散、（即五四风编）、廿三年见
一条如下々翻译家罗稷南说々
对京戏不应捧上天，纪念梅
兰芳逝世一周年做过了头。
（按今年纪念梅々逝世一周年

乎規模之大、遠遠超過紀念魯迅逝
世二十週壽々、而且有許多文章
把梅的表演藝術捧上天、這
且不算、而且說梅是理論家、是
畫家、是詩人云云、讀之頗覺
肉麻、又說、近來名劇作家競
以歷史題材相爭鳴、好像現實
生活的題材不被重視、而紀念
梅做得過分、都以文藝[redacted]
之所宜云云。要
論甚正、但彼不知、舉辦此事
者、有左力者作後台、固非可以口
舌爭也。對聽此消、良多感慨、

戲成一絕以紀之：知人論世談何易？底事鋪陳作道場？氣術罷何為政治，万家樗腹看梅郎。

中午小睡一小時，下午三時，副部長們來，匯報。六時畢，即赴馬里大使在北京飯店舉行之馬里獨立週年招待會，七時半返家。阿尋來。晚閱電視至十時，服藥二枚，又閱至十一時仍無睡意，傳枕成聯輓（輓歐陽予倩）一付。又服藥（川劇）一枚，於翌晨二時許始入睡。

九月廿三日，晴，廿七度，廿四度。今日為星期。

昨晨五時許醒一次，以未即不得酣睡，朦朧至六時半起身，做清潔工作半小時，莫半明。早餐後寫歐陽予倩之春柳舊事，桃扇翻翻，舞史草創，大匠頹但開風氣。行圓之秀、茶呂儉讓。終晚江且去，以生長仰揩模。印象人送去，閱報，奉資。中午小睡一小時。下午整理舊函件。晚赴工人俱樂部看《花田錯》（趙燕俠演春蘭），十時半返抵家，服藥二枚安眠，閱書至十二時半入睡。

九月廿四日，晴，廿五度左右。

凌晨三時、五時各醒一次，六時十分起身，做清潔工作半小時，費半小時。八時赴北京醫院治牙，九時半到首都劇場參加公祭歐陽予倩，十時半返家，閱報參資。中午小睡一小時，三時半自北京文聯派來何建平同志，談一小時去。

四时半卸谷麟来谈半小时。六时十分赴六大楼见越南南方民族解放阵线代表团，七时宴会，八时许又到三楼礼堂参加欢迎苏加诺夫人之舞剧晚会（海侠）。十一时许返家，服药二枚，十二时许入睡。

九月廿五日，阴，廿四度，廿九度。

今晨二时许醒一次，四时半又醒，五时半醒，睡，腰腿酸，六时许起身，做清洁工作半小时，莫半小时。（丹）七时半阿梁、曼曼带小钢赴天津，为小钢满月也。上午阅报、参资、处理杂事。中午小睡一小时。下午三时半，对外文委某司来汇报波兰访华代表团事。处理杂件。晚阅书画，九时，倦不支，服药二枚而倒，於十时许入睡。

九月廿二日，阴，有风，廿三度左右。

今晨三时许醒一次，六时又醒，仍然觉得疲倦。六时半起身，做清洁工作半小时，费半明。阅报。九时半赴北京医院治牙，十一时半返家，中午少睡一小时，下午阅参资，处理些事，晚阅电视至九时，又阅书至十一时，服药二粒，十二时许入睡。

九月廿日：阴，南风，十六度、九度。

今晨三时、五时各醒一次，六时许起身，做清洁工作半小时，喫牛奶，阅报，九时四十分赴文联，十时接见越南南方民族解放阵线文代表团团员诗人青梅，十二时返家，中午少睡一小时，下午阅参资，处理杂事，四时，邹荻帆、严文井来谈，五时许辞去。昨日阿榮自津返，言小鋼斜眼診視情況，決於明日開刀。昨午陶已住院。今日天氣驟寒，恐他們帶的衣服不够，曾詢問之麗有无便人去津，據云无有。他們說，如需要，可派一人去。我想這也不必了。閱光明日報東風版載馮伯恒「書魯迅詩中的『神』字」及貫培之文，對『神』字之解釋以及對全詩之「微言大義」，自詡新穎，實則穿鑿可笑也。

晚七時在本部小放映室看香港長城公司影片「樓上君子」，此為諷刺喜劇，隱寓窮的者诛、害国者虞之意，能表演及各别镜头来免佑气且有以黄色引人之处。九时许返家。服药二枚，于十一时许入睡。

九月廿六日，晴，亮风，仍冷，如昨。据云寒流正陆续有来者，明后两日则更冷。

今晨二时醒一次，四时半又醒，不刻再睡，挨至六时起身，做诗读之作，半七时，奠牛奶，阅报，十时许赴北京医院治牙。十二时半返家。下午一时赴飞机场欢迎波中友协访华代表团。三时许返家。阅参资。晚六时赴

越南大使館，参加越南大使為
欢迎我人民代表团（刘真为团
长）访问越南而举行之宴会，
八时许返家。阅书至十时，服药
二枚如例，仍至十一时始入睡。

九月廿九日，阴，廿度，九度。

又一个寒流要来了。

今晨三时醒一次，旋又睡至六时，
又醒，即起身。做清洁工作至
六时，莫尹明。八时许赴北京
医院治牙。九时许返家。处理杂文
件。如曼昨晨来電话，学文仍其
来信，知其钢眼手術经过良
好。约十天可出院。赫院長親自

动手术。十一时赴人大小会厅接见波代表团，十二时为欢迎代表团举行宴会，二时回家。小睡一小时阅报，参资。五时半赴北京饭店参加越南大使为越南南方民族解放阵线代表团举行之招待会。八时回家。看电视至十时，服药二枚，文阅书至十一时，入睡。

九月三十日，先阴后晴，二十度，十度。

今晨三时醒后文睡至六时半文醒，不久再睡，即起身，做清洁工作半小时，莫年卿。八时二十分到北京医院，先到保健室，診視咳嗽，九时到牙科，九时半返家。閱報，处理報事。中午小睡一小时。下午閱參資，处理報事。今晚九时舉揆小寧赴津。晚七时赴人大出席國宴。九时半返家。十时服藥二枚，閱书至十一时，尚无睡意，乃加服川劑一枚，十二时許入睡。

一九五六年十月一日，阴，早七时许有小雨，旋即停止，二十度左右，十度。

今晨三时醒一次，七时许再醒，即起身。做清洁工作半小时，煑牛奶。处理杂事。九时半赴天安门楼，十二时游行完毕，返家时已十二时半。当游行进至一半，（十一时许），民兵师将通过天安门广场时，我从天安门楼下来至外宾看台（东台第一台）与波中友协代表团周旋一番。中午小睡一小时。下午处理杂事，阅报。晚七时半，到

天安门楼上，借出此，但又奉
命陪波蘭客人。十时半始返
家，阅书到十二时半服药二枚
十二时后入睡。
十月二日，晴，廿度，九度。
今晨三时醒一次，七时许再
醒，即起身。做清洁工作半小时，
黄年娴。上午覆信六封，阅
報。今日甚感疲勞，中午小睡
二小时。下午处理雜事，六时赴
北京飯店出席几内亚國慶招
待會，七时半返家。閱電視
至十时，服藥二枚後倒，又閱

書已十二时许就寝，旋即入睡。

十月三日，阴，较昨为冷。

今日晨三时许醒后久不能再睡，乃服门利一丸，又阅书，约四时许入睡，五时又醒，又睡，有梦，六时半又醒，甚倦，然不能再安枕矣，做清洁工作半小时，费半小时。上午阅报，处理来信。十时去赴东总布胡同，接见中岛健藏、白土吾夫，十二时半回家。中午小睡一小时。二时许又接通知，说陈总将于三时接见波兰代表团，于是二时半到外部，则曹瑛（对外文委副主任）早已先在，他早到了一小时，盖通知他是二时接见也。前许（翻译许志兰来，说外宾今日上午参观农大，预定中午在颐和园午膳，然后游园，而料甫至园中即即接电话促令返城，时为二时半。许说当时揭将情况反映，但领队坚持不可。外宾有不愉快者。陈总命曹瑛查询座上疏远之原因，盖陈总得报今日外宾并无参观活动，故定此时接见也。

儀而彼去後來的。他是三时接通知的。得三时二十分，代表團到。四时二十分辭去。我回家休息二小时许，於六时半赴全聚德，宴請中野健藏等四人，八时半返家，則翠、小曼、小寧都已到家。知小剛手術的眼尚腫，尚須留院一星期許，故他们先回來也。十时服藥二枚，十一时就寢，但久久未能入睡，乃加服八利一枚，但直到翌晨零时卅分始朦朧入睡。

十月四日，晴，陽光燦爛。

廿度、、度。

今晨入睡后二小时即醒，冷发抖，乃加毛毯，又服羚翘丸三片。此后睡不酣，时时醒。六时后则竟不能睡矣，头甚疲劳。上午阅报，参资，处理杂公事。中午小睡一小时。下午四时，柬埔寨大使来拜访，因渠即将卸任也。七时半赴蒙古大使为中蒙文化合作协定签订十周年举行之宴会。九时半返家。十一时服药二枚，阅书至十二时入睡。

六日，阴，廿三度、九度。
凌晨三时醒后，五时又醒，不能再睡，六时起身。做清洁工作。七时，煮牛奶。上午阅报，参资。处理信件，推了事。中午小睡一小时。下午阅书，三时后丁聪、华君武先后来谈打[illegible]推[illegible]及中国文学稿件事。六时赴人大福建厅，五时许去，参加我国亚非团结委员会为越南南方民族解放阵线代表团签订联合公报之仪式，旋即举行宴会，八时半返家。阅电视一小时，又阅书至十时半，服药二枚，又阅书至十一时半入睡。

九月六日，晴，廿六度、十度。

今晨三时醒一次，五时又醒，即起身，做清洁工作，莫半小时。七时驱车赴机场，迎越南南方民族解放阵线代表团。八时四十分返家。阅报，参资。擦窗。中午小睡一小时。下午处理杂事。覆信。五时赴也大使馆举行之也门庆十三周年招待会，七时五十分返家，看电视一小时，又阅书，到十二时，服药三枚，又阅书，直到翌晨一时半始入睡。

九月七日，先阴后晴，廿六

度、十度。今日尚平稳、
今晨三时醒一次，六时又醒，
不耐再睡，只得起身。昨夜炉
灶（烧蜂窝煤者）又灭了，今
晨重发火，亦麻烦。此为三日
内第三次之熄灭。昨日一次则竟
在午后。何以致此？也许这些煤
质量不好，也许别有原因。
做清洁工作半小时。小宁帮
助，做得很细致。煮牛奶。上
午阅报、参资。中午小睡一小时。
下午处理杂事。晚阅电视半
小时，小宁看电视半小时，即

在沙发上睡着了。阅书至十时半服药二枚，又阅书至十一时半入睡。

十月八日，阴，如昨。

今晨三时、五时各醒一次，六时半起身，做清洁工作半小时。蒸牛奶。上午处理杂事，阅报、参资，十时半赴北京医院治牙，十一时半返家，中午小睡一小时。下午处理杂、琐事。

昨晚小曼自津归，言小钢治眼的情况：肿消大半，外面已看不出肿象，手按眼球（剑

时肌肉处）无所觉痛，惟不能睁
大如平常。视物，现仍有二影，
医云可注射调整，（随肌肉
运动之恢复常态而自然调
整），如果最后仍有几度（五
六度）之斜视，可配三棱镜试
戴。估计尚应住院十天左右。小
钢胃口已好，食量增加。据该
院韩院长谈，动这样的手
术，他也是第一次，因手较复杂，
一般多不肯动，现在小钢情况
出乎意料之好。小钢现住成人
女病房，与同房之病人交了朋

友，给他们讲故事，大家都很
喜欢她。
晚阅书至十一时，服药三枚，又
阅书至十二时，又睡。
十月九日，阴，廿二、十三度。
今晨三时、五时各醒一次，又
时即不再睡，乃起身，做清
洁工作，半小时，费半小时。上午
阅报、参资。处理杂事，中
午少睡一小时。下午打杂。今日
起，咳嗽又作，午后转剧。晚
六时出席对外文协欢迎中
岛健藏等日本代表之酒
会，（在会前参加中日文化交

院联合声明之签字仪式）。八时许返家。阅书至十时，服药，夜间因咳甚，不能成眠，直至晨一时以始朦胧半响而已。

十月十日，晴，有风，如昨。

今晨五时许醒来，即未能再睡，咳甚。六时半起身，甚感疲劳，但仍然做了些工作，并看中闻，阅报。九时赴北京医院，十时半返。阅参资。中午小睡一小时。有一度的烧。服药未见速效。下午写复信两封，处理杂事。晚阅电视一小时即罢，又阅书，至十时服药（安眠药也）二粒始入睡，睡不安枕。

十月十七日，晴，有风，廿一度六度。

今晨二时，五时各醒一次，七时又醒，八时半起身，做清洁工作半小时，莫斗刚，今日咳稍差，但口苦，有舌胎，不敢多进荤腥，上午阅报，参资，处理杂事，中午小睡一小时，下午阅书，晚七时赴人大三楼小礼堂看舞剧「乌兰保」，此为蒙语，意为红色護符，内蒙古艺术剧院歌舞團演出。十時返家。此劇舞容甚音樂均有相當水平，而不失民俗風格，尤為可貴。服藥二枚，即倒於十時半入睡。

十月十六日，晴，大風，廿三度、九度。

今晨三時、五時醒一次，六時又醒，之後並不可再睡。做些清工作至七時，熱牛奶。仍有些咳，仍服藥。九時許大便後血又脫肛出血，直至午睡後始稍可。然而腹脹甚，腹中氣斯甚多。上午閱報，參資，閱公文，處理對事。下午閱書。晚七時半接民旗文化宫看舞剧《雁翎队》（战友文工团演出）。十时返家。此剧相当热闹，比《小刀会》精彩，似乎更紧凑、精悍、放开手脚）。服药二枚，如例，又阅书，到十一时半入睡。

十月十二日，晴，大风，（寒冷），（灰）尘土蔽天，对面不见人。十七度、二度。

夜晨三时、五时多醒一次，六时许又醒，即起身，做清洁作事。七时，吃牛奶。九时出席部务会议。十二时完。中午小睡一小时。下午阅报、参资、电郑伯奇一信。处理杂事。晚阅电视一小时，又阅书至十时，服药二枚，十一时许入睡。

十月十四日　晴，十六度、三度。

今晨三时、五时各醒一次，六时半起身。做清洁工作半小时，煮牛奶。药已服完，咳嗽又作。势非彻底治疗不可也。但日为星期，只好等到明日。上午阅报、参资。处理杂事。中午小睡一小时。下午携小宁去理发，购物等等。晚阅电视至九时，又阅书至十一时，服药二枚如例，十二时许入睡。

十月十五日，晴，二十度，二度。

今晨三时、五时各醒一次，六时半起身，做清洁工作半小时，奏手册。因咳嗽又转剧，八时半赴北京医院，内科大夫们给復方甘草水藥，而理療科大夫则谓慢性支气管炎因感冒變為急性时，照紫外光有帮助，但欲长期療法则為運動，作操等等。我说我老了，要我学運動，例如乒乓，或踢毽子（已无兴趣），学太極拳之類的体操都難以堅持，但我每日早晨必先劳动（清洁房间）半小时，此种视为运动否？、其实除早起做清洁工作外，日间无须常做，故劳动时间每日在一小时以上，去了不必再化时间找人学打球打弹子，打太极拳了。理疗大夫下不了结论，可怪！十时许从北京医院返家，阅报、参资。中午小睡一小时。下午阅

书刊，处理公事，晚阅书至十时，
服药二枚，十一时许入睡。

十月十六日，晴，风稍些，廿二度，五度，预告如此，但个人则觉得比昨天冷些。

今晨二时至六时间醒了三次，六时半起身，做清洁工作，半小时，复午眠。八时半赴北京医院理疗，照紫外光（线）。上午阅报，秀清，处理公事，中午小睡一小时，下午阅书，晚七时赴民族文化宫看舞剧《湘江北去》，十时返，到此已看了三本射鵰剧舞，三个的内容都是现代革命斗争，乌兰保比较朴素，雁翎队则已趋绮丽，湘江北去更思以武打加浓斗争气氛。音乐方面，我亦较喜乌兰保与雁翎队，湘江北去之夹入京剧锣鼓，似未融化。湘江北去第二、三、四幕之大部为武打，此为最大缺点。三剧之中，能多以舞蹈表现情感者，首推乌剧，雁剧次之。若湘剧则第四幕杨开慧在狱中一段舞蹈亦未能完全表现她的情感。湘剧表现情绪者多以哑剧手法走，此為老大毛病，但三劇有其昔日優點，即擺脱了西方舞劇的影响，三劇之舞蹈基本形式皆為民族的。

十时半服安眠藥二枚即倒，十二时半入睡。

十月十七日，晴，熱，卅五度。

昨入睡後即已屆晨六时，醒過三次或四次。五时醒後實未熟睡。九时半起身，甚倦。做清洁工作，十时，黄牛朋。上午閱報，處理雜事畢。大便後又脱晒衣服，聊代運動。

肛，此次本无血，然而排便淋漓，至午后仍未止也。中午小睡一小时。下午三时赴北京医院四紫外光线，因外科主任病，故未就脱肛事求诊。阅参资、书刊。晚阅电视一小时，又阅书至十时，服药二枚后，于十一时许入睡。

十月十六日，晴，有风，十九度、四度。

昨入睡后醒三次，五时许起身做清洁工作半小时，煮牛奶。八时半赴北京医院四紫外光线，款、券、資。处理办公事。中午小睡一小时。下午三时赴北京医院治療。仍四紫外线。三时四分返家。阅书、晚阅电视半小时、小寧已入睡在沙发上，乃抱其上楼。晕、十受、小钢在室今晚自津回家，待至九时尚不见来，乃将温在炉上之菜饭撤去。十时三刻他们方到家。小钢的眼睛据云最近四、五天来已大见好转，但而病眼仍不利睁大不及好眼。韩院长带来一信，谓隔月余希望小钢再去看一次，观其发展。

但再定下一步手術的进行，此则须在室何时做了。十一时许服药二枚，十一时许入睡。

六月二十日，阴，二十度，六度。

昨入睡后仍醒两次，清晨六时许醒后又朦胧，七半时起身。做清洁工作，七半时，煮牛奶。上午九时赴北京医院再照紫外光线，此为最后一次，下星期当改做電疗。然而咳嗽仍然如故，朝晚总有一次劇烈的咳嗽，而白天也常常乾咳，有时有少些痰，有时则多白沫，痰出不爽。

上午阅报，处理杂事。中午小睡一小时许，阅参考。霞来信。四时许，肖益铭来谈，五六时辞去。晚阅电视至九时，又阅书至十时服药二枚，十二时许仍未入睡，乃加服M剂一枚，十二时许入睡。

十月廿三日，晴，明。今日为星期。（最低十六度）。

今晨五时许醒，仍迄未能再睡，六时二十分起，做清洁工作半小时，麦牛奶。上午处理杂事，阅报、参消。中午小睡一小时。下午阅书刊、霞信。晚阅电视至十时，服药二枚，十一时许入睡。

十月廿三日，晴，十八度、五度。

今晨五时刻起身前，睡过三次，做清洁作来十时，费半刻。中钢今日请假上学，计因治眼已请假近一个月了。八时许由他赴北京医院。内科大夫诊后谓理疗作用不大，不如改变方法，一面注射B12，一面吸入青霉素，并拔大罐一次。又转外科诊痔疾及便血，用痔镜检视后，知外痔内痔并很严重，拟注射。但因今晨我未敢大便，因到医院而推迟，故订于下午三时许再去注射。十时许返家，大便，量多，此次居然先血，并少粘液，便脓脓而已。阅报，参阅，中午小睡一小时。三时许赴北京医院注射，无痛楚，惟肛门有下垂之感而已。归后偃卧阅书刊。晚阅书至十时，服药三枚，然至十一时仍无睡意，乃加服八剂一枚，十二时许入睡。

十月廿三日，晴，大风，较昨为冷。

今晨六时十分起身，前醒了三

次。做清詩作竟半小時，費半小時。
八時赴北京醫院檢一次，又及注
射。昨夜及今晨咳嗽稍可，白
沫亦較少。且看明日如何。九
時返家，處理雜事、外事，電信數
封。閱參考、日報，一連日出報遲
三、四小時，想為等待中印邊界沖
突消息。前昨兩日皆報告我軍
反擊，已將印軍侵入我境之哨所掃
除若干，東西兩段皆有戰事。今
日又報掃除印侵入之據點若干，
並有國防部聲明，印既破壞其所
謂馬克麥洪綫之約束，今後我方

将不变此非法的麦克马洪线之约束，以确保我领土安全，不使印捲土重来。中午小睡一小时。对外文委来人汇报波代表团情况。处理杂、公事。覆信。下午五时半赴北京饭店，陪总今晚宴请波代表团，我亦作陪。七时半宴毕，返家后咳稍剧。阅书至十时，服药三枚，至十二时仍未能入睡，又加服M剂一枚，又阅书，直至翌晨一时许始入睡。

十月廿四日　晴，风已止，如昨。

今晨三时醒后，旋又入睡，但不，酣，五时又醒，即起身，莫牛奶澈清洁后一小时。处理杂事。阅参资。晨报何然出板很晚，等于是午报了。中午十二时赴波使之宴会，为波代表团送行也。二时席散，即至北京~~饭~~医院注射呈吸入。三时许返家，休息一小时。阅报，处理杂事。晚阅电视至十时，服药二枚，阅书至十二时许，因咳甚不能入睡，又服可的英一小丸，然后入睡。

十月廿五日，晴，有风，如昨。

今晨四时许醒，以不能酣睡，转辗至六时许始又朦胧入睡，门手七时为闹钟惊醒，即起身，做清洁工作毕。七时，莫平来，八时赴北京医院吸入氧气注射，九时返家，处理杂事，午后甚感疲劳。春敏仍然已午时始到。参考资料也不能翻出来。晚起，咳嗽又转剧，想来是连日酬酢，且不喝酒，但无帮助也。中午小睡一小时。三时，华以群同学子路来，四时五十分辞去。五时十五分赴民族饭店，出席欢迎阿代表团之酒会，七时半返家。九时服阅参资已一药

二枚为例，仍阅书，但至十二时无睡
意，乃加服以前一枚，但至翌晨
零时五十分仍无睡意，乃又服色
黄那安一片，（此为奏效较速之安
眠药），仍至二时始入睡。

十日　晴，如昨。

今晨三时许醒一次，五时为闹
钟唤醒，即起身，洗脸后大小便，
用过饮食，即赴机场，七时到达，
家人及波支使旋亦到来，照毕
家人上机，八时始起飞，返
家后已将九时矣。今日因昨夜
睡不安枕，且时间甚短，而安眠药
之余力仍未完全消失，故影響

也欲睡，实不能睡。晨拔们起来来，看来又要到中午才起了。上午阴。处理杂事外，阅书刊家信。中午十一睡一小时。三时赴北京医院注射及吸入，昨夜及今晨咳嗽稍好了。四时返家，阅参考，日报（书），晚阅报至十时，服药二枚，十一时半入睡。

十月廿日，晴，有风，十、度、度。

今晨三时醒一次，六时又醒，即起身。做清洁工作半小时，煮牛奶。八时赴北京医院注射及吸入，八时半返家，处理报、公事，十时赴国务院出席会议。十二时返家，中午小睡一小时，下午阅報、参考资料，处理报公事。六时赴北京饭店宴请阿尔巴尼亚文化代表团。九时半返家，阅电视至十时，又阅书至十二时，服药二枚，如例，到十二时尚未入睡，乃加服安眠药一枚，始获翌晨二时许入睡。

十月廿日，晴，十七度、三度。

今晨四时许醒一次，六时半又醒，即起身，做清洁，七时半，饮牛奶。八时半到北京医院

吸入及注射，此為最后一次，且看
明日停止吸入及注射后病状如
何。上午处理办公事，阅报，中午
小睡一小时。下午理发，阅参资，
晚阅书至十时，服药二枚，十一时
加服川剂一枚，半小时后入睡。

十月廿九日，晴，如昨，大风。

今晨三时醒一次，五时為闹
钟唤醒，随即起身，做清洁工
作半小时，天将明，上午阅报，
参资，中午小睡一小时，下午处
理办公事。六时赴全聚德宴
送加纳作協主席丹泰。八时许

返家，阅书至十时，服药之後就枕，十一时许入睡。

十月廿日，晴，十七度，五度。

今晨三时醒后，五时又醒，即起身。做清洁工作，七时半，煮牛奶。八时半赴北京医院，为特殊及慢性支气管炎之根治计也。九时半返家，处理杂公事，阅报、参资。中午小睡一小时。下午阅书刊，处理杂公事。晚听小纲弹琴半小时，为小纲讲解旧作律诗半小时，（她的学校教一些古诗，自编一本儿童适用的古典诗，多采唐、宋人词五、七言绝句；小纲治眼时请假下午，故乡为补课。）叶山学校附编此诗集，有许多首诗的内容（无题、性感）如九、十岁儿童（中学三年级生）所能领会。例如贾岛的「松下问童子」一绝，题目的「隐者」就很难使儿童明白这是一种怎样的人，何以要「隐」？何以这样的事情上脱离群众，且不劳动的人，不算坏人。题如此等的不适合于小学二年生的诗，还选了不少。大时服阿吉西十一时服药二枚，于十二时加川剂一枚，又半小时入睡。

今日小钢放学回来，问我：赫鲁晓夫是好人是坏人？我说，他做错了许多事，自己不革命，又不让且不许人家革命。小纲又问：既如此，为什么他还能做苏联人民的领袖？此时小宁（今年五岁）尚在幼儿园，且插言：他不好，但也不该太坏罢？其实小宁不知赫鲁晓夫有误的，但他知有苏联，也知有领袖。我说：他用不正当的方法欺骗了人民，把他的错误说成是正确的。小纲又问，事情总（要）会有人知道的。我说：但是现在大多数苏联人民还不知道。此时小宁又插言：苏联是好的，为什么他又不好？我说，苏联人民是好的，但赫鲁晓夫不好。小钢又问：你见过他么？我说，见过。问：问他握手么？握手。不同他吵架么？我说：又不同他讨论问题，只是外交场合应酬而已，自然不会吵架。我很奇怪，小钢为什么问到赫鲁？想来他们学校中经常讨论赫鲁在古巴问题上向美帝投降，小钢听了，所以来问。

十月廿日，阴，如昨。

今晨三时，五时又醒一次，五时醒后不能再睡，五时卅分起身，做清洁工作，七时，煮牛奶。

处理报、公事。阅报。参资。中午小睡一小时。下午阅书刊，处理公文。晚听山钢弹琴半小时，阅电视半小时，阅书至十时，服药二枚，至十二时，又加服门剂一丸，半小时后入睡。

一九六二年十二月一日，阴转晴，十七度，六度。

今晨一时许醒一次，六时再醒，即起身。做清洁工作半小时，莫斗渊。八时二十分赴北京医院注射。上午阅报，处理公事，韩秉来。阅参资。中午小睡一小时，三时，邵荃麟等三人来谈上年小说选事，五时许辞去。倦甚。晚阅书刊至十时，服药二枚，十一时又服N剂一枚，半小时后入睡。

十一月二日，阴，午后有小雨，即止。十四度，○下一度。有风。

今晨三时醒一次，五时许又醒即不能再睡，阅书至六时起身。做清洁工作半小时，费半小时。上午阅报、参资，处理杂事。中午小睡一小时。下午阅书刊。晚阅书至十时，服药二枚，又阅书至十一时，约半小时后入睡。

十一月三日，晴，西北风较大，十二度，○下四度。

昨入睡后，今晨五时醒来，不能再睡，五时四十分起身，做清洁工作半小时，煑牛奶。八时赴北京医院注射，九时返家。十时赴国务院参加会议，一时半返家。小睡一小时，下午阅报、参考资料。晚阅书刊，至十时，服药二枚，十一时许又服川剂一枚，十二时许入睡。

十一月四日，晴，西北风，十二度、〇下四度。星期。

今晨七时前醒过三次，每

相距一时卅分至二小时、十一时醒了

即起身。做清洁作事小时、

吃牛奶、上午阅报、参资。中

午睡一小时。下午处理杂事、

晚阅电视至十时、又阅书至

十一时、服药二枚、未半时后

入睡。

十二日、晴、西南风、十

一度、〇度。

今晨三时醒一次、五时又醒、

七时再睡、终而甚倦、朦胧

至六时许起身、做清洁作

未七时，莫朱那，八时赴北京医院注射，九时返，阅报、参资，处理公事。中午小睡一小时。下午阅内刊，处理公事。晚六时在四川饭店宴请尼中友协代表团，（团长康巴卡尔 Prem Bahadur Kanskar），共三人，团长为诗人，任尼中友协付会长，尼朝友协会长，尼亚非团结委员会付主席，尼作协常委）。八时许席散返家。阅书至十时，服药二枚如例，十一时许尚未能睡，乃加服川剂一枚，又阅书，直至翌晨一时许始入睡。

十二月六日，晴，风已小，如昨。

今晨三时醒一次，五时又醒，甚倦，然而未能再睡，挨到六时起身，做清洁工作半小时，煑牛奶。上午处理杂事，阅报、参资。中午小睡一小时。下午阅书刊，处理来信。晚阅书至十时，服药二枚如例，又阅书至十一时，加服川一枚，半小时后入睡。

十二月七日，晴，如昨。

今晨三时醒一次，此后即不能酣睡，朦胧至六时起身。做清洁工作，七时，莫斗朋。八时赴北京医院注射。上午覆信三封，阅报、参资。中午小睡一小时。下午处理杂事，晚七时卅分，作协宴陈家康夫妇，席间谈非洲各国情况。九时返家，阅书至十时服药二枚，约于十二时入睡。

十二月十八日，晴，十三度、一度，有风，入晚风定。

今晨三时醒一次，五时许又醒，不能再睡，七时起身。做清洁工作至十时，夔手册，阅报，参资。九时半赴北京医院治痔疮，此为第三次，亦即最后一次注射，据医云，可管两三年不发，但又云，至多可管十年。目前脱肛现象及便后出血、粘液淋漓等均已消除，惟痔核据云已渐乾瘪。中午小睡一小时，下午处理办公事。晚阅电视至十时，又阅书至十一时服药二枚，十二时又加服门剂一枚，半小时后入睡。

十一月九日，晴。零上十三度、零下四、

今晨三时醒一次，五时许又醒，即起身。做清洁工作。未六时，蔡华刚。六时赴北京医院注射。上午阅报、参考资料，处理杂事。中午小睡一小时。下午阅书刊。五时卅分赴柬埔寨使馆为柬国庆举行之招待会。七时返家。阅书至十时服药二枚，至十一时又加服片剂一枚，约十二时入睡。

十月十日，晴，十度、〇下二度。

今晨三时醒一次，五时许又醒，五时半起身，做清洁工作，未六时，蔡华刚，上午阅报、参資，處理雜公事。中午小睡一小時。下午處理來信，閱書。晚閱書至十時，服藥二枚，十一時許入睡。

十二月十二日，晴，十四度，〇度。

昨入睡後，於今晨二時許醒一次，五時又醒，不能再睡，閱書至六時半起身，做清潔工作半小時，煮早點。上午閱報，參資，中午小睡一小時，下午處理雜事。今日為星期，晚閱電視一小時，九時閱書，至十時服藥二枚，又阅书至十二时加服门剂一枚，於午十二时后入睡。

十二月十二日，阴，毛毛雨，十二度、一度。

昨入睡后二小时即醒，乃起再睡，因又阅书，至约三时卅分后始再成睡，但五时许又醒，又不能再睡，又阅书至六时半起身，做清洁工作，至七时，上午阅报、参资、处理杂事。中午小睡一小时。下午三时赴东总布胡同三十二号内部参观、鹤北屏

送来。五时半返家，晚阅书至十时

服药二枚，十一时许入睡。

十二月十三日，阴，大雾，后晴，

十三、四度，0度左右。

前夜于今晨三时醒一次，五时许

醒后还又睡（有梦）至六时许

再醒，旋即起身，做清洁工作

半小时。莫华纲，八时许赴北

京医院注射。近日大便不甚

通畅，常在感到内急时临厕

则不下或仅下少许，（今晨下者

且有粘液，此则前所罔遇所未

肓者，越事日又如厕仍不通畅。
而舌口赤裂，口角生疮，则已三周
矣，仍然如故。隔日注射之，乃以
专为治舌赤裂及口疮
者，今已注射八针，未见效果。
上午处理杂事，阅报，参道、
中午小睡一小时。下午阅书，覆
信。晚阅电视至九时半，服药二
枚如例，又阅书至十二时半入睡。

十二月十四日，阴，十四度，四
度，
今晨三时许醒一次，五时半又
醒，不能再睡，即起身，做清洁

作事四时。上午处理办公事，阅报，九时彊同泰来，十二时以去。阅参资。中午小睡一小时。下午三时在东总布胡同廿二号，召开作协书记处会议，讨论并通过了作协今冬明春工作布置，及发展会员等事。六时返家。晚阅书至十时，服药三枚如例，十一时许入睡。

十一月十六日，阴，中午降雪珠，少顷即止。十六度、二十度。

昨晚入睡后醒两次，六时许不能再睡，即起身，做清洁工作半小时，新来女傭已把户口送来，看来也许能做一个月罢？自去连（八月）归来，至此已两个半月完全自己劳作。阅报、参资、处理杂七事，九时半赴北京医院注射，十时半返家。中午小睡一小时。下午覆信，处理公事。晚赴政协看河北梆子戏，十时返家。服药二枚，十二时许入睡。

十二月十六日，晴，十一度，〇下三度。

今晨六时前醒两次，六时

卅分起身，做清洁工作，十时
阅報。九时听取科教片工作会
议的彙報，此会業已结束。拟拿
報，目前两个科教片廠的编剧、
导演大都非自然科学者，甚至对
自然科学常识亦不具備，他们不
懂得科教片為生產服务，於是
在所谓方向问题上爭论不休，
浪费了时间。每次，两个廠的负责
人都歸咎於上海战線，他们的计
劃是多拍一些片子（约一千公尺），
便应增加若干人员，而对於段

善经营管理不够注意。对同一点，我们促请他们注意而且要求他们提出实事求是的规划，但两厂目前人员编制已经十分庞大，冗员很多，（司徒慧敏说他们揹的包袱已经不少），正不知其何以改进也。最大的毛病是两厂的负责干部对于外国（包括资本主义国家）的科教片的经验既无所知且亦不求知也。十时散会，阅参资。中午小睡一小时，下午续阅参资，晚间看电视至九时，又阅书至十时，服药二枚，十时许入睡。

十二月十七日，晴，北风，十一度，〇十四度。

今晨六时许醒来（此前醒过两次），即起身，做清洁工作半小时，八时赴北京医院注射，九时返家，洗浴，十时赴国务院全体会议，下午一时返家，小睡一小时，阅报、参、资，处理杂事，五时赴国际饭店出席中阿（阿尔巴尼亚）友协为阿文化代表团举行之酒会，六时许返家，阅电视节七时，阅书至十时服药二枚，又阅书至十二时许入睡。

十二月十八日，晴，北风，七度，〇下二度。

今晨三时醒一次，五时又醒，半小时后起身，做清洁工作，半小时。今日为星期，小钢被批准入少先队，今日上午九时至十时在景山学校举行入队仪式，事先关照不准穿大衣，戴围巾，（仪式在露天举行）她穿了棉袄去。八时许她就去了。上午阅报，参资。中午曾睡一小时。下午理发，处理杂事。晚阅电视至九时半，又阅书至十时，服药二枚，又阅书至十时许入睡。阅通鉴胡注表徵完）。

十二月十九日，阴，东风三、三级，傍晚有雪意，六度，0下三度。

今晨三时醒一次，未起来，旋又入睡，五时又醒，此后即未酣睡，朦胧至五时三刻起身，做读诗工作半小时。八时赴北京医院注射。阅报。九时在本部支部传达报告，关于周总理于上星期六国务院全体会议上说中印边界问题所讲要点及治理政要两册多国领导人的长信内容。十二时毕，返家，中午小睡一小时，下午阅参资。处理杂务事。晚阅书刊，出文等至十时，服药二枚，又阅书至十二时许入睡。

十二月二十日，晴，有风，七度，〇下五度。

昨晨三时醒一次，五时又醒，即起身，做体操，作事一小时，九时在文化部礼堂请阿尔巴尼亚文化代表团团长米特写阿尔基作有关阿文化之报告，我主持此會。報告共兩小时，十一时許返家，閱報、參資。中午小睡一小时，下午处理雜公事。晚閱電視一小时，閱书五十分时服藥二枚，十二时許入睡。

十二月二十六日，陰偶晴，五度、〇下四度。

今晨三时醒一次，五时又醒，即起身。做清洁工作半小时。八时赴北京医院診視及注射。九时許返家。閱報、參資。中午小睡一小时。下午处理雜公事。晚閱電視一小时，又閱书至十时服藥三枚、十二时半入睡。

十二月二十二日、陰、四度、〇下五度。

今晨三时醒一次、六时又醒，即起身做体操作半小时。上午阅报、参資、处理雜公事。中午小睡一小时。下午閱书刊、覆信。晚六时半到人大新疆廳參加陆定一為阿尔巴尼亚文化代表團举行之宴會。八时半返家。十时服藥三枚、阅书至十二时半入睡。

十二月二十三日，晴，六度，○下四度，

昨入睡的於今晨四時許醒來，此後未能酣睡，五時二十分起身，做清潔工作，六時，八時赴北京匯院注射，上午九時部务會议，十時畢，阅報，中午六時睡僅十分鐘，下午阅参资，処理杂事。晚六时卅分赴人大上海西餐厅参加陈总招待尼泊尔前外长的宴会，九时返家。服药二枚，阅书至十二时入睡。

十二月二十四日，阴，三度，〇下五度。据预报，今日傍晚至夜间，北京地区有雪，但尚没有。

今晨六时半起身，前曾于三时，五时各醒一次。咳又转剧。想因连日宴会，不免疲劳也。上午阅报，参资。中午小睡半小时。下午三时赴人大常委列席，周

总理作闻於中印边界问题之
報告，五时半始毕，六时返家。
尋夏今日帶小鋼到天津醫
診视眼疾，上午八时十五分，特車去，
今晚九时半返家。
晚阅電视至十时，又阅书至十
时，服藥二枚，於十二时许入睡。
十二月二十五日，陰，间有陽光，
二度，〇下五度，今日為星期。
今晨三时醒一次，五时又醒，此
後未再酣睡，朦朧至七时
起身，八时赴北京医院注射，
九时半返家，接電话，总理将

於今日十一时接见乌拉圭文化代表团及阿中友协代表团（昨日刚到），並设宴招待，要我们陪见及陪宴者於十时半到人大上海西厅。但因某些理由有事，至十二时始接见外宾，一时许宴會，三时结束。返家阅报，处理雜事。五时许乃赴四川饭店，为河南代表团餞行，我為主人。八时许宴畢返家，又阅书至十一时服药二枚，再阅书到十二时许入睡。

十二月二十六日，晴，四度，0下

度。

昨入睡后醒多次，今日五时半起身。上午阅报、参资，处理办公事。中午十一时睡一小时。下午处理来信。五时卅分赴尼泊尔大使的宴会，为尼特别大使访华。七时返家。阅书至九时服药二枚，十时半入睡。

十一月二十七日 晴，无昨。

今晨四时许醒来，大咳，不能再睡，乃倚枕阅书，至六时半起身。上午八时赴北京医院

往射，八时半返家。阅报、参
资。处理办公事。十一时，前装
之假牙忽然脱两落，于是又
赴北京医院，约二十分钟装好。
该假牙本为王教授（北京牙
科第一把手）所装。今日王教
授不值班（王在北大医院兼
课），由另一女大夫代装。初时他
们不知经过情况，搁了我临
时装上，待明天再去，由王教
授自己处理。我坚持不如此
费事，即请该女大夫迎刃

之性图案片装上，她依命而行，
结果我觉得比上次装的舒服，
中午小睡一小时，下午阅书刊。
晚七时至本部大礼堂看苏联片
伊凡的童年。此为苏联宣传
和平主义的影片之一，导演为
青年，此为他的第二部作品，
曾得金质大奖。说明者说此
片把战争场面写得很惨，为
和平时期的场面对照，手法
巧妙，欺骗性很大云云。我看
后觉得此片战争场面与写侧
面，并不太惨，最大毒素在于

末有一语点出这在苏联人是卫国战争，是反法西、拯救人类的正义战，而今人以战争认是残酷，不要任何战争的「教育」；又此时只写到个人在战争中的苦难，无一言及民族、国家、人类，此亦可见修正主义除个人、家庭外，别无其他崇高理想也。

九时返家，服药二枚如例，阅书至十一时半入睡。

十一月廿五日，晴，北风，三度、零下八度。

今晨三时许醒一次，六时又

醒，即起身。做清洁工作半小时。上午阅报，覆信，阅参资。中午小睡一小时。阅参资，处理杂公事。晚六时赴北京饭店出席印度尼西亚大使为印尼独立五十周年及解放六十周年举行之招待会。七时许返家。阅书至十时服药二枚，续阅书至十一时入睡。

十一月廿九日，晴，北风，四度，〇下七度。

昨晨二时醒后，许久乃能再睡，五时半又醒，即起身。做清洁工作半小时。六时半赴北京医院注射。上午阅参资。处理杂公事。中午小睡一小时。下午阅報、(星日報出板甚遲、都在十一时左右到来)。处理杂公事。晚阅電视至九时、又阅书至十时、服藥二枚、十二时许入睡。

十二月廿日、如昨。

今晨三时醒又睡、六时许再醒不復入睡、六时半起身。做清洁工作半小时、九时部务會议、十二时毕。中午小睡一小时。下午阅報、参資。晚七时赴政协参加國際歌词作者鲍狄埃逝世七十五

周年，作曲者狄盖特逝世卅周
年纪念大会，九时许返家，服药
二枚，阅书至十一时许入睡。

一九六二年十二月一日，晴，有风，七度，〇下七度。

昨入睡后二小时即醒，时為今晨二时许），未能再睡，乃服药片一枚，又阅书，约於三时又入睡，六时许醒来，六时半起身，做清洁工作。未八时，八时赴北京医院体检，八时半返家。十时赴國務院出席合作會议，十二时散会返家。阅報。中午中睡一小时许。下午阅參資，四时许阿英来谈，擬於下週一

合开文联主席团扩大会议

中，移时即去。晚阅电视至二

时，又阅书至十时，服药二

枚，又阅书至十二时睡意全无，

加服门剂一枚，至翌晨二时

始入睡。

十二月二日，星期一，晴，十二

度，〇下三度。

今晨六时许醒来，甚倦，然

而不能再睡矣。实际只睡了

三小时多，殊不酣。六时半起身，

做清洁工作半小时。上午阅报，

参资。中午小睡一小时许。下午处理杂事。晚阅电视至八时，又阅书至十时，服药二枚，於十一时许入睡。

十二月三日，晴，十二度，〇下四度。晚九时狂风大作，后渐歇。

今晨三时醒一次，六时又醒，即起身，做清洁工作半小时。八时赴北京医院注射。上午阅报，参资。处理杂事。中午小睡一小时。下午二时半赴人大会堂北厅出席文联主席团扩大会议，六时半晚饭，七时继续开会，九时散会。会议程为讨论文联及各协会的年度工作计划及就文艺作支持意见，事实上极大部分时间为周扬、邵荃麟、齐燕铭、夏衍之讲话所占，周讲了些关于文艺工作团的意见，邵等皆事先准备稿子，汇报苏联修正主义文艺现状（邵）、创作问题（齐）、电影问题（夏），后二者，则开过或正在开全国性的会议。返家后阅书，又服药二枚，到十二时无睡意，阅书至十二时加服门刹一枚，翌晨一时许始入睡。

十二月四日，晴，大风，四度，〇下七度。

今晨六时许醒来，甚倦，然实则再睡亦不得再睡矣。六时二十分起身，做清洁工作半小时。八时二十分赴北京医院诊痔疾。上次注射鱼肝油后，痔核据云已缩小，并说至少保持半年无事，觉说可管两三年，或乃云至少半年，不料只仅二十多天就不济事了。今日诊视时，说痔核又大，于是再注射，（鱼肝油外加××××名

据云效果比较好，十日仍须

注射第二针。九时半返家，阅报、

参资。中午小睡一小时，下午覆

信、处理杂事。晚阅电视一小时，

又阅书至十时，服药二枚，仍阅书

至十一时半入睡。

十一月五日，晴，七度，○下四度，

今晨三时醒后又睡，五时许又

醒，这次未能酣睡，朦胧至六

时半起身。做清洁工作半小时。

八时赴北京医院注射，九时许

返家。阅报、参资、处理杂公事、

中午小睡一小时，下午雜事，阅书，覆信，晚阅電視半小时，又阅书至十时服藥二枚，又阅书至十一时半入睡。

十二月六日，晴，九度，○下四度。

今晨三时醒后，五时許又醒，六时半起身。上午阅报，写筆记，处理雜公事，中午半小时入睡，只偃卧半小时耳。下午阅书，处理雜事，晚六时赴芬蘭使館之國庆招待會，七时半赴大三樓小礼堂看北崑劇院演出鍾馗嫁妹、玉簪记（琴挑、问病、偷诗）、单刀会等。偷诗下场已十时，颇觉疲劳，遂先返。又阅书至十二时服药二枚，十二时四十分入睡。

十二月七日，晨大雾，晴，有小风，六度，〇下四度。

今晨三时余，醒来后有不能再睡之势，因又加服药剂一枚，六时许又醒，六时半起身，做清洁工作半小时，八时赴北京医院注射。上午处理杂事，阅报，作笔记。中午仍未能睡，只偃卧休息半小时而已。下午处理杂事，阅书。晚阅電视半小时，又阅书至十时服药二枚，十一时半入睡。

十一月八日，晨大雾，后晴。小风。七度，〇下六度。

今晨四时许醒来，后又再睡，六时许又醒，六时半起身，做法洁疗半小时，上午处理杂公事，十时，副部长们来汇报。十一时散会。中午仍然未能睡着，仅偃卧半小时而已。下午阅报，参资。处理杂事。晚阅電视半小时，又阅书至十时服药二枚，於十一时半入睡。

十二月九日，晨大雾，晴，如昨。

今晨三时醒一次，五时又醒，六时半起身。做清洁工作半小时。七时赴北京医院注射。上午阅报、参资。中午小睡一小时。下午阅书。今日为星期。晚阅电视至九时，又阅书至十时服药二枚，於十一时许入睡。

十二月十日，先雾后晴，四度，〇下七度。

今晨三时、五时醒一次，五时后未能再睡，六时半起身。做清洁工作半小时。上午写笔记，阅

教、参资。中午小睡二十分钟、下
午处理杂公事。阅书。六时四
十分赴北京饭店出席巴基斯
坦大使的宴会，(主客是总理，陪
為陈总、罗总参谋长、外贸葉部
长、朱学范、雷山、陈其尤等)。
十时许返家。服药二枚、又阅书
至十二时半入睡。

十二月十二日、阴、有风，五度、
下五度。

今晨三时醒一次、六时又醒，六
时半起身。做清洁工作半小
时。八时赴北京医院注射、九时

返家。上午阅报，处理杂事，阅参资。中午少睡一小时。下午三时作协书记处会议，五时为欢送下放作家及访问印度尼西亚和锡兰的代表团聚会，至江西餐厅。八时许返家，阅书至十时服药二枚，又阅书至十一时半许入睡。

十二月十二日，晴，有风，四度、零下四度。

今晨六时许醒来，六时半起身，做清洁工作半小时。上午写笔记，阅报，参资。中午小睡一小时。下午处理杂事。晚阅电视半小时，又阅书至十时服药二枚，十一时半入睡。

十二月十三日，早晨大雾，傍晚，有风，七度，零下五度。

今晨三时醒，五时又醒，六时二十分起身，倦甚。作清洁工作半小时，八时赴北京医院住院部，十时半返家。上午写笔记，阅参考资。中午小睡一小时。下午写笔记，处理杂事。晚阅电视半小时，阅书至十时，服药二枚，十一时许入睡。

十二月十三日，晨大雾，后晴，有风，四度，○下七度。

今晨三时醒一次，六时又醒，六时半起身。上午阅报，参资。处理杂务事。中午小睡一小时。下午三时赴东总布廿二号座谈三年小说选序文事。五时半返家。七时赴天桥剧场看新排舞剧凤展泉彩排。十时返家，服药二枚，又阅书至十一时半入睡。

十二月十四日，晨大雾，后晴，有风，五度，○下六度。

今晨五时醒，后又朦胧至六时

半起身。做清洁工作半小时。八
时赴北京医院注射，九时四十
分赴国务院全体会议，午后一
时许返家。下午阅報，参资，处
理杂事。晚阅电视半小时，又
阅书至十时服药二枚，十一时许
入睡。

十二月十六日，晨大雾后晴，有
风，五度，〇下七度。昨日为星期，
今晨四时许醒来，厕所毕
酣睡，六时半起身，做清洁工
作半小时。上午阅報，参资，中
午半小时睡，下午处理杂务

事。晚阅电视一小时，又阅书至
十时服药二枚，十一时许入睡。
十二月十七日，雾而晴，有风，
八度，0下七度。
今晨四时许醒后未再酣
睡，六时半起身。做清洁工作
半小时。写笔记至十时，赴北京
医院诊视痔疾。十时半返
家。阅报、参资。中午小睡一小
时，下午三时至六时写笔记完。
晚阅书至十时服药二枚，十一
时许入睡。
十二月十八日，雾而晴，有

风，如昨。

昨晨一时许即醒一次，此后断断续续又睡又醒，六时二十分起身。做清洁工作半小时。上午阅报、参资、处理杂七事。中午小睡一小时。下午阅书刊。晚作词一首，应解放军报之约也。又阅书至十时，服药二枚，十一时半入睡。

六三年新年献词

革命英雄，都来自、工农兵众。
党领导，步枪小米，开新岁月。抗美援朝挫毒焰，国際主义旂高揭。更生虎、建设好家园，勞武结。西风紧，阴霾密。反侵略，迎打击。观無邊耀度，史无其匹。加海风云寰宇震，狐埋狐搰计仍拙。逆流中、砥柱擎东方，告出到！！

十二月十九日，雾后晴，有风七度，0下六度。

今晨六时半起身以前，醒过三次，可见昨宵之睡不安枕也。大概是睡前用腦（写了那首满江红）之故。做清清二作書少時。上午處理雜事、閱报、參資。中午少睡一少时。下午閱书刊、覆信。晚七時赴北京劇場看「森林湖畔」彩排。此劇為蘇聯慈·盧達里寫於一九五三年左右，五四年出版，曾在蘇上演，現在久已不演也。故事情节為一九五一年朝鮮战爭时美特务潛入蘇竊取國防情报遭破獲事，而以兒童為主角，我兒童藝術劇院演出，飾主角者為方巢，已為卅二歲之三个孩子的母親，但僅十三歲之男孩十分逼真。方為老手，演述各種不同年齡性格之角色。十时許歸家，服藥二枚，又閱書至十二时許入睡。

十二月二十日 晴，如昨。

今晨四时醒一次，五时許又醒，五时半起身，做清潔工作半小时，上午寫筆記，閱報，參資。中午小睡一小时，下午寫筆記至五时，晚在本部小放映看第聯片及八一廠攝制的地雷戰，十时返家，服药二枚，于十二时半入睡。

十二月二十二日，晴，有风，五度、〇下七度。

今晨三时醒后未再酣睡，未睡未醒至五时卅分起身。做清洁工作半小时，上午写章纪阅报，参资。中午小睡一小时。下午三时半写章纪至五时止。晚到青年艺术剧院看非洲后回结婚，十时半返家，服药二枚，于十二时许入睡。

十二月二十二日，大雾，正午始散。晴，九度，○下七度。

今晨六时卅分起身前仍醒两次。做清洁工作，来六时。八时半至九时半阅信，处理杂公事。九时四十分赴国务院全体会议。十一时返家。中午小睡一小时。下午写笔记两小时，阅报、晚阅参资，十时服药二枚，十一时半入睡。

十二月二十三日，星期，大雾

昨晚睡如昨。

今晨三时醒一次，五时又醒，

觉甚疲劳，即不能再睡，八时半起身。上午写笔记，阅报、参资。中午小睡一小时。下午续写笔记。晚阅电视一小时，又阅书至十时服药，夜十一时许入睡。

十二月二十四日，阴，有毛毛雨，午后止。八度、〇下八度。

今晨三时醒后，五时半又醒，不能再睡，六时半起身。做清洁工作半小时。九时作笔记一小时半。阅报、参资、覆信、中午小睡一小时。下午处理杂公事。阅书。三时出席作协招待北京各国文学家（古都北京各校教外文或北外文出版社任翻译之专家）之酒会。八时许返家，服药二枚，阅书，但至十二时仍未能入睡，乃又加服M剂一枚，约一时许始入睡。

十二月二十五日，晴，如昨。

清晨五时许醒来，不能再睡，挨至五时半，起而倚枕读书，至六时半起床，做清洁工作半小时，处理杂务，阅书，十时半

赴机場參加欢迎澤登巴尔主
席。十二时末返抵家。午飡後
休息，午睡。下午阅报，参資。六
时赴人大宴會厅參加周總理
為澤登巴尔举行之宴會，八
时三十分宴會结束，在三樓中礼
堂举行歌舞雜技晚會，文
化部与中蒙友協主办。十时
半演出完，即返家，服藥二
枚，阅书至三时，又加服M剂
一枚，未四时後入睡。
十二月廿六日，志勇於寓

陽光，下午轉陰，六度，〇下五度。

昨晨六時醒一次，七時許又醒，七時半起身，做清潔工作，半小時。上午處理雜務事，閱報，午飯。中午小睡一小時，下午處理雜務事，閱書刊。晚閱電閱視半小時。又閱書至十時，服藥上床，於十一時許入睡。

十二月廿七日，陰，八度，〇下五度。

今晨五時許醒後不能復睡。六時半起身，做清潔工作事七时。上午写笔记一小时。阅报、参资、处理杂公事。中午小睡一小时。阅书、处理杂事。五时四十分赴人大宴会厅，出席蒙古大使为泽登巴尔举行之宴会。九时赴车站欢迎泽登巴尔。十时返抵家，服药二枚，十一时许入睡。

十二月廿八日，阴，二度，〇下五度。

今晨三时醒后，许久始又入睡，六时许又醒，六时半起身。做清洁工作半小时。阅报、九时四十分赴嘉兴寺吊柳亚子夫人之丧。阅参资。中午小睡一小时。下午阅书、处理杂公事、晚七时赴人大小礼堂看京剧、十时半返家。服药六枚於十一时入睡。

十一月廿九日、多云、大风扬尘、对面不见。四度、○下九度。

今晨六时半起。自前晨醒数次。做清洁工作半小时。上午写笔记（关於敖德斯尔的小说）完。阅报。中午小睡一小时。下午处理杂公事、阅参资。五时赴罗馬尼亜使館之罗國慶招待會，六时半赴首都劇場看朝鮮話劇《红色宣傳員》之開幕式。十时三刻返家，服藥二枚，於十二时半入睡。

十二月廿日，晴，仍有大风。○度，○下十三度。

今晨三时醒后未再熟睡。五时又醒，六时半起身，做清洁工作半小时。今日為星期，但照常辦公，而明日則將休假。上午處理雜公事，閱報，参資。中午小睡一小时。下午仍處理雜公事，慶信，阅书。六时赴作协发起之新年联欢酒会，（在文联礼堂），并看电影「停战以后」（八一制片）十时返家。服药二枚，阅书刊至十二时许入睡。

十二月卅日，晴，大风，三度，〇下十度。今晨五时许醒来，不到再睡，朦胧至七时起身，做清洁工作半小时。上午阅报，参资。十一时一刻赴飞机场，欢迎锡兰总理班奈拉雅克夫人，一时返抵家，饭后小睡，阅参资。六时赴人大宴会参加总理为锡总理举行之宴会。九时许返家。十时服药二枚，阅书至十二时许入睡。

图书在版编目（CIP）数据

茅盾珍档手迹．日记．1962 年 / 茅盾著；桐乡市档案局（馆）编. —杭州：浙江大学出版社，2011. 6
ISBN 978-7-308-08734-6

Ⅰ．①茅…　Ⅱ．①茅…　②桐…　Ⅲ．①日记—作品集—中国—现代　IV. ①I216. 2

中国版本图书馆 CIP 数据核字（2011）第 100317 号